Karl und Ursula begegnen sich schon als Kinder zum ersten Mal, in den Goldenen Zwanziger Jahren im Berliner Hotel Adlon. Ursula ist die Tochter einer bekannten Opernsängerin, die bei ihren Gastspielen in Berlin stets im Adlon absteigt. Karl ist der Sohn eines Mitarbeiters im Hotel und arbeitet später selbst dort als Page. Sie verlieben sich als Jugendliche ineinander, werden aber über Jahrzehnte immer wieder voneinander getrennt. Nach Kriegsende kann Ursula Karl nicht an der angegebenen Adresse finden, das Haus ist zerbombt und Karl noch in Kriegsgefangenschaft, was sie nicht weiß. Er macht sich nach seiner Rückkehr selbständig und übernimmt ein Hotel am Wannsee in Westberlin. 1960 findet Ursula ihn dort. Als Ursula mit ihm im Westen zusammenziehen will, kommt der Mauerbau dazwischen. Erst achtundzwanzig Jahre später steht Karl plötzlich wieder vor ihrer Tür. Endlich kann ihr neues Leben beginnen.

Anke Gebert wurde 1960 in Halle an der Saale geboren. 1988 siedelte sie nach Hamburg über. Sie ist Autorin von Romanen, Krimis, Sach- und Drehbüchern und erhielt zahlreiche Auszeichnungen für ihre Arbeiten. Im Fischer Taschenbuch Verlag erschienen ihre Krimis ›Das Treiben‹ (Bd. 16930) und ›Hunde, die bellen‹ (Bd. 16931) sowie ihr Roman ›Besuchsreise‹ (Bd. 16145).

Unsere Adresse im Internet: www.fischerverlage.de

Anke Gebert

Die Summe der Stunden

Roman

Fischer
Taschenbuch
Verlag

Die Stadtplanausschnitte auf den Seiten 6, 110 und 184
aus den Jahren 1932, 1954 und 2009 wurden uns
von Pharus-Plan, Berlin, zur Verfügung gestellt.
Mit freundlicher Genehmigung www.pharus.eu

Originalausgabe
Veröffentlicht im Fischer Taschenbuch Verlag,
einem Unternehmen der S. Fischer Verlag GmbH,
Frankfurt am Main, Oktober 2009

Satz: Pinkuin Satz und Datentechnik, Berlin
Druck und Bindung: Norhaven A/S, Viborg
Printed in Denmark
ISBN 978-3-596-16640-4

Für Ralf

Friedrich
Str.
Unter
den
Linden
Wilhelm
Luisen
Charité
Gr. Hamburger
Alexander
Oranienburger
Schönhauser
Weinberg
Rosenthaler
Brunnen
Invaliden
Acker
Neander
Dresdener
Leipz
ger
Potsdamer Bf.
Siegeş
Alee
Chau
ssee
Spree
Moabit
Freilade
Stendal
Hannover
Köln
Lübeck
Bremen
Hamb.
Kiel
Borsig
Elsässer
Zehden
Lothringer
Prenzlauer
Kaiser
Wilhelm. Ufer
Kronprinzen
Friedr.-Ebert
Königs
Jannowitz
Oberwall
Jeru
Seydel
Sebastian
Kommandanten
Werder

»Wer liebt, der entschuldigt alles, er hofft und bangt, er wartet und übt sich in Geduld.«

Irina Liebmann

31. Dezember

Ursula steht am Fenster und sieht zum Brandenburger Tor. Sie fragt sich, wie oft sie dies in ihrem Leben bereits getan hat und wie oft in den Tagen zuvor. Und in den über siebzig Jahren, seit sie mit Karl zum ersten Mal im Adlon war. Das erste Mal, es ist Ursula, als wäre es erst kürzlich gewesen. Heute.

Auch wenn sie jahrelang nicht diese Aussicht vom Hotelzimmer aus aufs Brandenburger Tor gehabt hatte, war sie ihr immer möglich gewesen. Ursula hatte sich die vier überlebensgroßen grünen Pferde und die Kutscherin eingeprägt und diesen Anblick viel häufiger vor Augen gehabt, als sie tatsächlich an diesem Ort gewesen war.

Vor Ursulas Augen sammelt sich Wasser und lässt alles aussehen wie durch ein Kaleidoskop. Durcheinander. Schön. Schön und durcheinander. Sie denkt nicht an das, was Karl ihr aufgetragen hat.

Er sitzt hinter ihr. Ursula dreht sich nicht um zu ihm. Er soll sie so nicht sehen. Sie will ihn so nicht sehen. Noch nicht.

Sie blickt hinaus. Schneeflocken fallen herab. Die ersten in diesem Jahr. Nun wird es wohl doch noch kalt, eher als vermutet, denkt Ursula.

Sie hat diese Aussicht, die ihr plötzlich weniger vertraut vorkommt als all die Male zuvor. Bühnen für Rockbands werden aufgebaut, die Imbissbuden für Millionen Gäste, die hier ins neue Jahr hineinfeiern möchten. Feuerwerk.

Ursula sieht, was sie hier erlebt hat mit Karl. Jetzt. Damals. Wie durch ein Kaleidoskop. Durcheinander. Schön. Zum Beispiel das Weihnachtsessen, das sie und Karl vor ein paar Tagen im Restaurant Quarré genossen haben, mit Ausblick aufs Brandenburger Tor. Was ihr noch alles einfällt. Schönes. Durcheinander will Ursula nicht sein. Sie wird die Blicke ordnen, die Gedanken und das, was zu tun ist, bevor sie sich umdreht – zu Karl.

18. Dezember

Schneeglöckchen und Krokusse hatten zu blühen begonnen, mitten im Dezember im Garten. Ursula hatte vor den Blumen gestanden und sich gefragt, ob es daran liege, dass der gesamte Herbst und auch der bisherige Winter warm gewesen waren.

Während ihres täglichen Spaziergangs zum See hatte sie beobachtet, dass Anwohner dabei waren, ihre Häuser und Wohnungen weihnachtlich zu schmücken. Ziemlich spät für Ursulas Geschmack, sie selbst schmückte immer schon vor dem ersten Advent.

Es war bald Weihnachten, der vierte Advent stand unmittelbar bevor. In keinem der fremden Gärten hatte Ursula Schneeglöckchen und Krokusse gesehen. Sie beugte sich hinunter, um eine der zerbrechlichen Blüten zu berühren. Am liebsten hätte sie einen kleinen Strauß mit ins Haus genommen, doch das verbat sie sich.

Weihnachten war Ursulas Fest. Eigentlich freute sie sich immer darauf, doch dieses Jahr war es anders. Vielleicht lag es daran, dass Karl die gewohnten gemeinsamen Spaziergänge nicht mehr mit ihr unternahm. Vielleicht lag es an diesem Winter, der keiner war und deshalb nur so schwer weihnachtliche Stimmung aufkommen ließ. Vielleicht lag es an Ursula selbst. Sie wusste es nicht. Sie wusste nur, dass etwas anders war als all die Jahre zuvor, die achtzehn Jahre, die sie Karl hatte. »Hatte«, das war das richtige Wort. Endlich hatte Ursula ihn. Für immer. Für ewig.

Ursula klopfte sorgfältig die Schuhe in der Diele ab, bevor sie sie auszog und an die Garderobe stellte. Karl sah von seiner Arbeit auf und seiner Frau lächelnd entgegen, als sie auf ihn zukam und ihm über die Schulter sah, wobei sie ihn am Rücken berührte.

Karl arbeitete seit Tagen an der Illustration eines Zaubertricks, den er unter vielen anderen in einem Lehrbuch für angehende Zauberkünstler veröffentlichen wollte. Auf dem Tisch, daneben und auch darunter lagen sämtliche Utensilien, die er für seine Tricks benötigte. Immer wieder probierte er den einen mit den drei Kugeln, den er gerade zeichnerisch darstellen wollte, und hätte ihn am liebsten in Zeitlupe festgehalten, denn wie sollte er sonst genau die einzelnen Schritte reproduzieren können. Ursula war ihm öfter eine Zuschauerin und Ratgebende, doch sie meinte nicht nur keinerlei zeichnerisches Talent, sondern überhaupt keines der Talente, die Karl eigen waren, zu besitzen. Sie bewunderte ihren Mann.

Ihre Mutter hatte sie auch lange bewundert, für deren Stimme. Ursulas Mutter war von vielen Menschen für ihre Stimme bewundert worden. Sie hatte diese Bewunderung zwar genossen, regelrecht gebraucht, doch wirklich zu schätzen gewusst hatte sie sie wohl nicht, sonst hätte sie mit sich nicht einen solchen Raubbau betrieben, bis ihre Stimme nichts mehr wert war. Sonst wäre sie wohl auch mit einigen Menschen anders umgegangen. Ursula hatte lange gebraucht, dies zu begreifen, beinahe ein ganzes Leben lang hatte sie dafür gebraucht. Erst als Karl kam, vor achtzehn Jahren, begann sie wirklich zu verstehen.

Karl hatte seine Begabungen immer wertgeschätzt, auch wenn er sie erst jetzt als alter Mann auslebte. Karl war den Dingen und den Menschen, die ihm wichtig waren, treu. Er vernichtete sie nicht.

Viele Skizzen lagen auf dem Tisch. Manche hatte er wütend durchgestrichen. Wütend über sich selbst, weil die Hand, mit der er zeichnete, oft nicht mehr ruhig genug war, um präzise Anleitungen festzuhalten. Er war ein Künstler, der zu spät begonnen hatte, Kunst zu machen.

Karl lehnte seinen Kopf an Ursulas Brust und schmiss den feinen Bleistift über den Tisch.

»Ich höre für heute auf, es hat keinen Sinn mehr.«

»Morgen ist auch noch ein Tag«, sagte Ursula.

»Wenn du meinst«, antwortete Karl.

19. Dezember

Das Wasser in der Wanne floss nur langsam ab. Ursula saß vor dem Spiegel und bürstete ihr langes weißes Haar, das ihr bis auf die Hüften fiel. Sie beschloss, es an diesem Abend nicht hochzustecken, sondern die Haare offen zu tragen, so wie Karl es liebte.

Von draußen war plötzlich das Geräusch eines Notarztwagens zu hören. Blaulicht flackerte bis in Ursulas Badezimmer hinein. Die Hunde der Nachbarn bellten aufgeregt. Ursula eilte zum Fenster und sah hinaus. Der Krankenwagen hielt bei Kruses, das Martinshorn wurde abgestellt, die Rundumleuchte verstrahlte ihr kaltes blaues Licht. Kruses Hund bellte, als würde er angegriffen. Wie oft hatten Ursula und Karl über dieses Tier, das so bösartig schien, geredet. Der Postbote, der seit Jahren kam, musste den Hund jeden Tag aufs Neue beruhigen. Irgendwann hatte er begonnen, gegen die Angst vor dem Tier mit einer kleinen Leckerei, die er dem Hund schon von weitem hinwarf, anzukämpfen. Kruse war ein Mann, der seinem Hund ähnlich war, darüber waren Ursula und Karl sich einig. Wer sich dabei wem angeglichen hatte, blieb Ursula unergründlich.

Ursula und Karl hatten kaum Kontakt zu den Nachbarn gepflegt. Obwohl sie hier in diesem kleinen Ort zwischen Berlin und Potsdam seit vielen Jahren gemeinsam lebten, hatte es meistens nicht mehr als einen »Guten Tag« oder »Frohe Weihnachten« zwischen ihnen gegeben. Als Kruses Frau vor einigen Jahren verstarb, war Ursula, ohne eingeladen zu sein, zur Beerdigung gegangen. So wie Frau Kruse es Jahre zuvor ebenfalls unerwarteterweise getan hatte, als Ursulas Mutter beerdigt worden war. Ursula war damals über die Geste der Nachbarin überrascht gewesen, sie hatte diese der Frau nicht zugetraut und schämte sich dafür, denn sie hatte Frau Kruse eigentlich nie wirklich kennengelernt, nie kennenlernen wollen, was einzig und allein mit deren Mann zu tun gehabt hatte – und mit diesen Hunden, die sie nacheinander gehabt und die wie Mauern zwischen den Nachbarn und Ursula gewirkt hatten.

Auf der Beerdigung hatte Frau Kruse Ursula eine Weile länger als die anderen Trauergäste die Hand gedrückt. Ursula hatte das nicht vergessen, es kam ihr danach vor, als hätten sie und Frau Kruse ein Geheimnis miteinander.

Kruse trank seit dem Tod seiner Frau. Der Hund lag ausschließlich an der Kette, die jedoch so angebracht war, dass er auf dem Weg zum Haus laufen und am Zaun hochspringen konnte, wenn ahnungslose Spaziergänger vorbeikamen. Kruse stand oft im Trainingsanzug im Garten, einem braunen mit schwarz-rot-gelben Streifen. Den hatte er noch aus seiner Zeit als Angehöriger der Armee, als Berufssoldat. Frau Kruse hatte meistens eine Kittelschürze getragen – etwas, wofür Ursula nie Verständnis gehabt hatte. Kruses Trainingsanzug war inzwischen verschlissen und seit langem viel zu eng. Seine Nase war grob und wie perforiert durch große Poren, seine Augen verquollen, seine Hände fleischig und sein Blick starr, wenn er am Zaun stand und die Straße entlangsah, in der sein Haus und das von Ursula inzwischen ringsum zugebaut worden waren: Überall weiße Bungalows, manche mit blauen Dächern. Überall Menschen, die man nicht kannte, die morgens zur Arbeit nach Potsdam oder Berlin pendelten und im Sommer an den Wochenenden mit ihren Kindern zum Sonnen und Baden an den See wanderten. Tagsüber und in der Nacht war der Ort beinahe still; im Winter ab neunzehn, spätestens ab zwanzig Uhr, wenn es draußen dunkel war und wenn fast alle in ihren Stuben saßen und fernsahen, weil es keine Jahreszeit zum Rasenmähen oder Grillen war.

So wie heute.

Doch die Stille war jäh durch den Krankenwagen, der vor Kruses Haus gehalten hatte, unterbrochen worden. Und Ursula fürchtete plötzlich um Kruse wie um einen Menschen, der ihr nahestand. Jahrzehnte hatten sie hier nebeneinander gelebt, sich in die Gärten und auch Fenster sehen können und dabei kaum etwas voneinander gewusst. Und doch hatten sie auf diese Weise gemeinsam gelebt, waren hier an diesem Ort gemeinsam alt geworden, Tag für Tag, Monat für Monat, Jahr für Jahr. Hatten das Sterben der Angehörigen miterlebt und für sich festgestellt, dass sie es nun waren, die übrig blieben, bis …

Kruse durfte nicht als Nächster gehen! Was würde das für Ursulas Leben bedeuten?

Zwei Krankenpfleger räumten eine Trage aus dem Wagen, ein Arzt eilte mit einem Koffer in der Hand voran in Kruses Haus. Der Hund lief bellend auf die Männer zu. Einer der Sanitäter ließ vor Schreck die Trage fallen und nahm sie eilig wieder auf. Ursula wollte sich abwenden, nachdem die Männer in Kruses Haus verschwunden waren, doch es gelang ihr nicht. Kruse wurde auf der Trage herausgebracht. Der Hund wurde plötzlich still. Ursula wandte den Blick ab. Der Rest des Badewassers floss mit einem lauten Geräusch, das Ursula erschrecken ließ, ab. Sie spülte die Wanne aus und ließ heißes Wasser ein.

»Karl!«, rief sie.

Karl antwortete nicht.

»Karl!«, rief sie noch einmal. »Mach Schluss für heute, deine Wanne ist gleich voll.«

Karl antwortete wieder nicht.

»Karl, dein Wasser wird kalt«, sagte Ursula, als sie ins Wohnzimmer kam. Karl hatte einen weiteren Versuch unternommen, eine perfekte Skizze anzufertigen. Er schmiss den Bleistift aufs Papier.

»Jetzt hast du mir einen Schrecken eingejagt, deswegen habe ich mich verzeichnet!«

Ursula umfasste Karls Schultern und küsste ihn auf den Kopf.

»Das tut mir leid, das wollte ich nicht.«

»Wieso soll ich schon wieder baden? Ich habe doch gerade gebadet.«

»Heute ist Samstag.«

»Und samstags wird gebadet …? Das war einmal so, als wir Kinder waren. Ich musste immer in das Wasser, in dem mein Vater vorher gebadet hatte. Hat mir nichts ausgemacht.«

»Ich weiß.«

»Habe ich schon hundertmal erzählt, das weiß ich. Aber dass schon wieder Samstag ist. Je älter man wird …«

»… desto schneller vergeht die Zeit«, fiel Ursula mit ein.

Karl erhob sich. Ursula klopfte die beiden Sofakissen auf, auf denen Karl gesessen hatte.

»Die sind schon ganz platt von deiner Zeichnerei.«

»Was kann ich dafür, der Tisch ist zu hoch. Ich habe keinen Tisch, an dem ich vernünftig arbeiten kann.«

Ursula drehte ihr Gesicht zur Seite, weil sie lachen musste.

»Ach was, der Tisch war schon immer so hoch! Du bist kleiner geworden.«

Karl machte sich gerade.

»Vergiss nicht, welch stattlichen Mann du geheiratet hast! Im Übrigen bin ich jetzt in einem Alter, in dem ich schrumpfen darf. Andere Männer meines Jahrgangs gibt es schon gar nicht mehr.«

Jetzt machte Ursula sich gerade.

»Das stimmt. Aber klein warst du schon immer. Denk an unser Hochzeitsfoto! Als wir das haben machen lassen, hat dir der Fotograf auch schon ein Kissen unter deinen Allerwertesten gelegt. Damit du nicht so klein bist neben mir.«

Karl ging in Richtung Badezimmer.

»Was du da erzählst! Daran kann ich mich überhaupt nicht erinnern.«

Im Badezimmer half Ursula ihrem Mann sich auszukleiden. Nackt stand Karl vor der Wanne, seine Arme waren dünn, die Beine ebenfalls. Der Bauch leicht gewölbt. Wie ein Junge, dachte Ursula und half ihm ins Wasser. Karl plätscherte mit den Armen.

»Ich möchte mehr Schaum!«

Ursula goss Badezusatz ins Wasser.

Bevor sie hinausging, sah sie durch das Fenster zu Kruses Haus hinüber. Es lag im Dunkeln, durch ein Fenster drang etwas Licht. Der Hund lief an seiner Kette aufgeregt hin und her, ohne zu bellen.

»Du solltest nicht mehr so viel arbeiten«, sagte Ursula.

Karl tauchte kurz unter.

»Das Buch muss fertig werden.«

»Seit du daran arbeitest, sitzt du Tag für Tag fast nur noch im Haus. Das ist nicht gut für dich«, entgegnete Ursula.

»Ach, ich dachte, du würdest mich loben, aber stattdessen kritisierst du mich! Ich muss das Buch fertigbekommen. Und wenn es das Letzte ist, was ich tue. Wer soll es denn sonst machen?«

»Ich kritisiere dich nicht, ich mache mir Sorgen! Ich bin stolz auf dich, weil du so gut zeichnen kannst – und schreiben, aber ich mache mir Sorgen, weil du kaum noch rausgehst, das ist nicht gut.«

»Mir geht es bestens. Und außerdem mache ich das alles auch für dich. Wenn das Buch ein Erfolg wird, kannst du von dem Geld, das es einspielt, in Saus und Braus leben.«

»Wir können in Saus und Braus leben, wir!«

»Ja, wir, und damit wir das bald können, muss ich mich beeilen, verstehst du!«

»Ich finde, wir leben jetzt auch gut.«

»Tun wir, das stimmt, aber wenn ich mal nicht mehr bin, dann werden dir die Rechte übertragen, dann hast du auch was davon, wenn du allein bist.«

»Ich werde jetzt Abendessen bereiten.«

Karl tauchte noch einmal mit dem Kopf unter Wasser.

Ursula stellte in der Küche zwei Teller auf ein Tablett, zwei Teetassen. Mit einer mechanischen Brotmaschine schnitt sie Brot. Draußen fuhr der Krankenwagen mit eingeschaltetem Martinshorn los. Kruse lebt noch, dachte Ursula.

»Möchtest du ein oder zwei Tomaten?«, rief sie in Richtung Badezimmer.

Karl antwortete nicht.

Sie legte ihm zwei auf einen Teller. Das Geschirr war von KPM, die Silberbestecke aus der Aussteuer ihrer Mutter. Das Tablett war ein altes aus Holz mit Sprelacart beschichtet.

Die Küche war mit Raufasertapete renoviert worden, die Fensterrahmen und Türen in dunklem Braun gestrichen, so wie es gerade modern gewesen war, als Ursula das letzte Mal renoviert hatte. Das war kurz nachdem ihre Mutter verstorben war, kurz bevor Karl kam. Damals fand Ursula es schön, endlich nach ihrem Geschmack zu wohnen. Heute würde sie einiges anders machen, doch meistens sah sie die Dinge gar nicht mehr, die sie eigentlich störten. Sie fielen Ursula nur noch auf, wenn sie mal länger weg war von zu Hause. Dass sie mal länger weg war, war auch schon lange her.

Aus dem Kühlschrank nahm sie Käse und Aufschnitt und ein Schälchen Nachtisch, das beim Mittagessen übrig geblieben war. Für Karl. Ursula kostete davon, strich die Oberfläche des Puddings wieder glatt, kostete noch einmal, strich die Oberfläche wieder glatt, leckte den Löffel ab und legte ihn mit auf das Tablett.

Sie deckte im Wohnzimmer den Tisch. Es war so still, dass das Ticken der Wanduhr zu hören war.

»Vielleicht noch etwas Frisches«, überlegte Ursula.

In der Küche suchte sie nach einer Dose Obst, nahm den Dosenöffner und ging damit zu Karl.

Er lag regungslos in der Wanne. Das Wasser reichte ihm bis über den Mund. Der Wasserhahn tropfte laut. Ursula hielt ihm die Dose und den Öffner hin. Karl rührte sich nicht.

»Karl, jetzt nicht!«, sagte Ursula.

Karl rührte sich nicht.

»Karl, das Abendessen ist gleich fertig.«

Keine Regung.

»Karl, bitte!« Ursula legte Öffner und Dose ab und setzte sich zu Karl auf den Wannenrand. Sie fuhr mit der Hand ins Wasser und tippte ihn an. Er bewegte sich nicht. Sie kraulte seine Füße. Karl regte sich nicht. Ursula beugte sich über ihn und sah ihm in die Augen, sie blieben starr.

»Karl?«

Sie packte ihn, um ihn aus dem Wasser hochzuziehen, doch er war zu schwer.

»Karl!«, flehte Ursula.

Im nächsten Moment spritzte Karl Ursula nass. Er lachte dabei, bis auch sie lachen musste.

»Du bist schrecklich«, sagte Ursula und hatte ihm längst verziehen.

Karl hielt ihr die Bürste hin. Ursula schrubbte ihm den Rücken.

»Komm, sag auf!«, verlangte er.

Ursula verdrehte die Augen.

»Erstens: mit dem Notarzt telefonieren. Zweitens: das Beerdigungsinstitut anrufen ...«

»Aber nur das von Thiele & Söhne«, fiel Karl ihr ins Wort.

»Drittens: eine Todesanzeige aufgeben ...«

»Ich habe mir überlegt, dass das Quatsch ist«, meinte Karl. »Mich kennt doch hier gar keiner. Zu meiner Beerdigung brauchen keine Leute zu kommen. Solche Typen wie Kruse will ich dort nicht haben.«

Ursula sah zum Fenster.

»Viertens: Karls Buchrechte verjubeln – und in Saus und Braus leben!«

Karl spritzte Ursula nass.

Sie wich lachend zurück.

Karl wurde ernst.

»Was soll nur ohne mich aus dir werden? Du bekommst ja nicht einmal eine Dose allein auf.«

Ursula reichte ihm die Büchse und den Öffner hin.

»Weißt du was, Karl, ich werde dich einfach behalten!«

*

Das Teelicht flackerte unter der Kanne, als Karl endlich zum Abendessen ins Wohnzimmer kam. Ursula stand am Fenster und sah draußen einen Mann und eine Frau, die gemeinsam einen Tannenbaum durch die Dunkelheit trugen. Tannenbaum, Weihnachtsschmuck, um all diese Dinge würde Ursula sich auch demnächst kümmern müssen. Auch wenn Karl behauptete, er lege auf diesen »Klimbim« keinen Wert mehr, glaubte sie doch, er sagte dies nur, damit sie nicht so viel Arbeit hätte. Für Ursula war es nicht Weihnachten, wenn kein geschmückter Baum im Zimmer stand, wenn es nicht nach Weihnachten roch.

Karl hatte sein Haar fein gekämmt, er goss Ursula und sich Tee ein. Ursula überlegte, wann sie ihm die Sache mit Kruse erzählen sollte. Gar nicht, beschloss sie und reichte ihrem Mann den Brotkorb.

»Weißt du was, ich habe heute von einem Ehepaar in

Schweden gehört, das jeden Tag Weihnachten feiert«, erzählte sie. »Sie sind auch schon älter, nicht ganz so alt wie wir, aber auch nicht mehr jung, so um die siebzig. Die haben das ganze Jahr über einen Weihnachtsbaum, einen geschmückten, und machen sich jeden Tag ein kleines Geschenk.«

Karl meinte mit vollem Mund: »Ideen haben die Leute. Wahrscheinlich haben sie einen künstlichen Baum. Künstliche Bäume finde ich stillos.«

»Aber schön ist es doch: Jeden Tag Weihnachten! Du hast dir noch gar nichts gewünscht. Es wird Zeit, in ein paar Tagen ist es so weit.«

»Was soll ich mir denn wünschen? Ich habe doch alles. Ich brauche doch nichts mehr.«

Ursula legte Messer und Gabel beiseite und sah Karl an.

»Ich habe einen Wunsch!«

Karl hörte auf zu kauen.

Ursula zögerte.

»Ich wünsche mir, dass wir in diesem Jahr nicht hier feiern.«

»Wo denn sonst?

»Im Adlon!«

Karl legt das Besteck beiseite.

»Weißt du, wie viel das kostet?«

»Na und! Wir haben doch das Geld. Einmal noch ins Adlon. Wir beide. Es ist der einzige Ort, an den ich noch mal möchte. In unser Adlon! Mal sehen, wie es dort aussieht, nach all den Jahren.«

Karl lehnte sich zurück und verschränkte die Arme über der Brust.

»Du bist verrückt geworden.«

»Es wird bestimmt wunderschön. Raus hier und noch einmal in unserem Leben ins Adlon, ja, das wünsche ich mir!«

»Wann willst du denn da hin? Heilig Abend bis zum ersten Weihnachtstag – oder sogar bis zum zweiten?«

»Nein, sobald wie möglich und die ganze Zeit, bis nach Silvester! Silvester will ich dort auch mit dir feiern. So wie damals, weißt du noch? Nur anders. Du und ich Silvester im Adlon. Champagner, Musik. Und wir beide in einem Zimmer. Nicht ich allein. Weshalb ich darauf nicht eher gekommen bin! Wir müssten eigentlich längst dort gewesen sein. Es wird Zeit. Es ist unser Hotel!«

»Silvester im Adlon. Du bist verrückt«, wiederholte Karl und aß weiter.

Dabei lächelte er.

22. Dezember

Ursula goss die Pflanzen in ihrem Haus. Zwei Koffer standen bereits an der Tür. Gleich wollte sie ein Taxi bestellen. Karl war im Keller und stellte die Heizungsanlage für die Zeit während ihrer Abwesenheit ein.

Ursula spürte Unruhe. Reisefieber kannte sie erst, seitdem sie kaum noch wegfuhr. Als das Reisen mit ihrer Mutter noch Alltag gewesen war, war sie eher unruhig geworden, wenn sie sich ungewohnt lange an einem Ort aufgehalten hatten. Ursula war in Hotels aufgewachsen, Hotels waren ihr Zuhause gewesen. Ihr Kinderzimmer war ein kleiner Koffer gewesen, in dem sie die ihr wichtigsten Sachen verstaut hatte, die ihr liebsten Sachen.

Als Ursula in die Schule kam, hatte die Mutter sich an der Oper in Wien engagieren lassen. Ein Jahr später in Hamburg, dann in Berlin. Umzüge waren ein fester Bestandteil in Ursulas Leben geworden und zwischendurch Reisen – an Wochenenden und in den Ferien, dorthin, wo man Ursulas Mutter, die große Maria Wegner, als Sängerin engagierte. Auch Weihnachten und Silvester hatte Ursula als Kind immer in Hotels verbracht, Weihnachten und Silvester waren große Sängerinnen besonders gefragt.

Ursula ging mit der Gießkanne, einer alten Kaffeekanne von Hutschenreuther, deren Deckel vor langer Zeit zerbrochen war, durchs Haus. Das ganze Haus war voller Inventar und Utensilien aus der glanzvollen Zeit Maria Wegners. Das, was inzwischen fehlte, hatte Ursula nach und nach verkauft, als die Zeiten nicht mehr glanzvoll waren.

Als Karl 1989 zu ihr gezogen war, hatte er nicht viel mitgebracht. Ein paar Anzüge, Hemden und Pullover. Seine wichtigsten Sachen, seine persönlichsten Dinge – und seine Utensilien, die er für seine Zaubertricks brauchte.

Ursula fragte sich, ob er sich hier überhaupt zu Hause fühlte, in diesem Haus, das er nicht mitgeprägt hatte. Sie hatte Karl auch schon danach gefragt. Er hatte geantwortet, er sei dort zu Hause, wo sie sei.

Im Flur hingen Bilder von Ursulas Mutter, eine besondere Schallplatte war gerahmt. Ursula ging an den Fotos entlang und sah die Frau darauf an. Sechzig Jahre hatte Ursula mit ihrer Mutter zusammengelebt. Plötzlich schien ihr diese Frau auf den Schwarz-Weiß-Fotos eine Fremde zu sein. Ursula wandte sich ab. Sie überlegte, wo sie noch Blumen gießen musste. Und dass sie die Fotos abhängen würde, wenn Karl und sie aus dem Adlon zurückkämen. Sie hob den Rahmen eines Bildes an, an der Wand zeichnete sich ein brauner Rand ab. Wenn sie in ihrem Leben nicht noch einmal renovieren wollte, und das wollte Ursula auf keinen Fall, müsste sie die Fotos der Mutter herausnehmen, die Rahmen neu füllen und an dieselben Stellen hängen. Vielleicht mit Karls Skizzen. Vielleicht auch mit Fotos von Karl – und ihr. Der Gedanke gefiel ihr.

»Karl!«, rief sie, »ich rufe jetzt unser Taxi!«

Karl bestand darauf, dies selbst zu tun. Ein gutes Zeichen, dachte Ursula, dafür, dass er ihr die Reise bis gestern noch hatte ausreden wollen.

Ursula bekam das Gefühl, dass es im Haus augenblicklich kalt wurde, seit Karl die Heizung niedriger eingestellt hatte, seit sämtliche Vorhänge vor die Fenster gezogen waren und nur noch im Flur Licht brannte.

Sie zog den Mantel mit dem Pelzkragen über, der mal ihrer Mutter gehört hatte. Gemeinsam mit ihrem Mann, der sich ebenfalls feingemacht hatte, trat sie vor das Haus. Ursula überlegte noch einmal, ob sie nichts vergessen hatte einzupacken: Abendkleid, Smoking, Lackschuhe für Karl. Sie konnte es sich immer noch nicht vorstellen, dass sie in weniger als einer Stunde in ihrem Adlon absteigen würden. Unwirklich war das. Unbegreiflich schön.

Weshalb waren sie nicht eher auf diese Idee gekommen?

*

Regenbogenwetter, dachte Ursula, als sie mit dem Taxi direkt auf den sogenannten Großen Stern zufuhren, in dessen Mitte die Siegessäule stand. Dahinter das Brandenburger Tor. Der Himmel war blau. Nur eine dunkelgraue Wolke, aus der es regnete, während ansonsten die Sonne schien.

»Sonne und Regen. Irgendwo muss ein Regenbogen sein«, sagte Ursula und suchte durch das Fenster des Taxis den Himmel ab. Direkt überm grünen Dach des Adlon entdeckte sie ihn. Noch einmal entfernten sie sich im Taxi von ihrem Hotel, fuhren ein Stück in Richtung Potsdamer Platz und bogen Unter den Linden ein.

Karl sah unentwegt nach draußen. Schon wieder habe sich hier so viel verändert in Berlin, meinte er, und noch immer werde gebaut. Zwischen den Baustellen Cafés und Geschäfte, KPM und Ferrari, Boss und Einstein. Auf dem Stück Straße vor dem Adlon vor allem Souvenirläden. Menschen, die sich vor einem halben Meter Berliner Mauer fotografieren ließen. Am Pariser Platz war kaum noch Verkehr, hauptsächlich Taxis und ein paar Busse, denn am Brandenburger Tor war Schluss, kein Durchkommen mehr, wenn man nicht zu Fuß war.

Unter den Linden 77 endete die Straße. Hier stand das Adlon.

Das Dach in einem Grün, wie es auch die überlebensgroße Frau und die Pferde auf dem Brandenburger Tor waren. Wer in die hinter dem Hotel liegende Akademie der Künste wollte, der musste ein paar Meter zu Fuß gehen.

Auf dem Platz vor dem Brandenburger Tor gab es eine Demonstration. Ursula und Karl erkannten nicht, worum es dabei ging. Etwa dreißig Leute saßen auf Klappstühlen und hielten rote Luftballons in den Händen, während ein Mann etwas in ein Mikrophon brüllte, über verfehlte Politik und Ausländer. Der Taxifahrer sagte »Endstation« und machte keinerlei Anstalten auszusteigen. Karl reichte ihm Geld nach vorn. »Firma dankt«, sagte der Fahrer. Im selben Moment riss der Portier des Adlon die Tür auf der Seite, auf der Ursula saß, auf und half ihr hinaus. Dann eilte er auf Karls Seite und half diesem heraus.

Ursula und Karl begaben sich zum Kofferraum. Ursula fragte sich, ob der Portier nicht friere, den ganzen Tag hier draußen, in dieser Jahreszeit in seiner roten Uniform. Als gäbe es eine stille Abmachung zwischen dem Taxifahrer und ihm, öffnete der Portier wie selbstverständlich den Kofferraum, während wie durch einen unsichtbaren Wink ein Page herbeieilte und das Gepäck auf einen Wagen hob. Er bat

Ursula und Karl vorauszugehen. Der Taxifahrer hob zum Abschied die Hand und fuhr ab.

Ursula hakte sich bei Karl unter. Sie schritten über den roten Teppich in das Haus, das ihnen so vertraut schien und doch so fremd. Der Page hielt sich mit dem Gepäck hinter ihnen. Ein weiterer Mann in roter Uniform öffnete die Hoteltür, sagte: »Herzlich willkommen!«, und wies den Weg zur Rezeption. Vorbei am Durchgang in die Adlon-Passage, in der in kleinen Boutiquen besondere Waren angeboten wurden, vorbei an einem Schmuckgeschäft, in dem unter anderem Montblanc-Federhalter und Swarovski-Schmuck verkauft wurden.

Die Lobby war voller Menschen. Der große, golden geschmückte Weihnachtsbaum war prachtvoll. Kellner eilten von Tisch zu Tisch. An der eher unauffälligen Rezeption sah eine junge Frau Ursula und Karl entgegen. »Herzlich willkommen im Adlon!«

Während Karl für sich und Ursula das Anmeldeformular ausfüllte, lächelte Ursula die junge Frau an, als müsste diese sie wiedererkennen. Die Rezeptionistin lächelte zurück. Ihr professionelles Lächeln, dachte Ursula, das sie aufsetzte, wenn sie ihre Arbeit im Hotel begann, nicht das, was Ursula jedes Mal bekommen hatte, wenn sie dort mit ihrer Mutter wohnte, wenn sie sich als Tochter von Maria Wegner an die Rezeption des Adlon begab, weil sie hier für ihre Mutter etwas erledigen sollte, oder auch nur, weil sie aus Langeweile Unterhaltung suchte.

Ursula wandte sich ab und sah in die Menge der Gäste in der Lobby. Offensichtlich waren hier viele Menschen eingekehrt, die nicht in diesem, sondern in einem der unzähligen, wesentlich billigeren Hotels wohnten, um wenigstens einen Kaffee oder Tee im Adlon getrunken zu haben, bevor sie wieder nach Hause, nach Osnabrück oder nach Halle fuhren.

Wir werden hier einziehen, dachte Ursula und drehte sich zu Karl um. Die Rezeptionistin wies den Pagen an, die Herrschaften auf ihre Suite zu begleiten. Weshalb sagte die Frau »Suite«, dachte Ursula, herrschte jetzt im Adlon auch schon jene Unsitte, dass alle Hotelzimmer nicht mehr Zimmer genannt wurden und nur noch von Suiten die Rede war? Von einem Fünfsterneschiff hatte sie mal so etwas gehört, dort reagierte man pikiert auf die Bezeichnung Kabinen und sprach über seine Kabinen nur noch als Suiten. Das hatte Ursula lächerlich gefunden, denn eine Kabine war eine Kabine. Vielleicht bis auf die, die auf dem Oberdeck lagen und sich durch Größe, Ausstattung und den Service eines Butlers auszeichneten. Auch im Adlon gab es viele schöne Zimmer, aber eben Zimmer – und ein paar wenige Suiten.

Der Page geleitete Ursula und Karl zum Lift, vorbei an der Lobby, in der jetzt ein Paar in dicken Mänteln mitten zwischen den kaffeetrinkenden Gästen stand und sich suchend nach freien Plätzen umsah. Das Paar machte keine Anstalten, von seinem Stehplatz zu weichen, als wollte es dort ausharren, bis endlich ein Tisch frei würde.

Ursula fiel auf, dass viel mehr Tische und Stühle in der Empfangshalle standen, als es früher der Fall gewesen war. Immer mehr Menschen schienen sich Luxuriöses leisten zu können, dachte sie, oder wollten wenigstens das Gefühl haben, sich dieses leisten zu können – und sei es nur für einen Nachmittag.

Ursula wurde heiß, mit den feinen Lederhandschuhen, die mal ihre Mutter getragen hatte, wedelte sie sich Luft zu, als sie den Fahrstuhl betrat. Karl trieb längst Konversation mit dem Pagen. Ursula war zu aufgeregt, dem Gespräch zu folgen. Dabei war sie es, die keine Hemmungen in einem Haus wie diesem haben sollte, denn sie war dieses Parkett über viele Jahre gewohnt gewesen. Karl dagegen war ganz anders aufgewachsen, auch hier, aber ganz anders. Er hatte offenbar zu dem Zeitpunkt an Selbstsicherheit gewonnen, als Ursula begonnen hatte, die ihre zu verlieren.

Als die hölzernen Fahrstuhltüren sich öffneten und der Page den Weg den Flur entlang wies, kam Ursula erneut vieles so bekannt vor und doch so fremd. Der Boden, die dicken Teppiche, alles neu, alles alt.

»Die Brandenburger-Tor-Suite«, sagte der Page und öffnete die Tür.

Ursula schlug sich die Handschuhe vor den Mund.

»Karl!«

»Wenn schon, denn schon!«, antwortete Karl.

Der Page lächelte diskret, als Ursula ihren Mann umarmte. Karl gab Trinkgeld, nachdem der Page das Gepäck an dem dafür vorgesehenen Platz abgestellt hatte. Als sie endlich mit Karl allein war, öffnete Ursula ihren Mantel, ließ ihn auf den Boden gleiten, während sie zum Fenster schritt. So hatte es ihre Mutter immer getan: Mantel auf den Boden gleiten lassen, das Draußen dadurch hinter sich lassen, wenn man ankam, im neuen, vorübergehenden Zuhause.

Ursula stand am Fenster, sah auf die Quadriga auf dem Brandenburger Tor.

Unauffällig wischte sie sich Tränen aus den Augen. So sollte Karl sie nicht sehen.

*

Karl testete die Matratze, bevor er sich aufs Bett setzte und die Schuhe auszog. Auf Socken inspizierte er die Räumlichkeiten.

»Na! Was sagst du?«, fragte er.

Ursula drehte sich zu ihm um. »Champagner!«

Karl öffnete die Flasche, die ihnen zur Begrüßung bereitgestellt wurde, und schenkte ein. Sie stießen die Gläser aneinander.

»Dass wir hier Weihnachten feiern werden«, sagte Ursula leise. »Du bist verrückt!«

»Ich weiß«, sagte Karl. »Aber ich habe mir gedacht, wenn wir eine so schöne Suite haben, dann müssen wir nicht viel raus unters Volk. Wir können hier für uns bleiben.«

»Doch, ich möchte unters Volk!«, lachte Ursula.

Karl trank sein Glas in einem Zug leer.

»Das habe ich befürchtet. Aber vorher gehe ich erst mal in die Wanne.«

Ursula lächelte ihrem Mann nach, dann sah sie sich unschlüssig im Raum um. Sie trat an die hohen Fenster und blickte über den Pariser Platz zum Brandenburger Tor. So, wie sie es immer getan hatte, wenn ihre Mutter Stunden vor dem Auftritt unerträglich wurde und Ursula nicht anders ausweichen konnte als dadurch, einen Punkt zu fixieren und in Gedanken davonzugleiten und so fast unerreichbar für die Launen ihrer Mutter zu werden.

Sie musste sich an einem der ersten Weihnachtsfeste, die

sie hier im Adlon mit ihrer Mutter verbracht hatte, diesen Trick beigebracht haben. Das war Anfang der 1920er Jahre gewesen. Irgendeines der vielen Kindermädchen, die Ursula in ihrem Leben gehabt hatte, war mit auf Reisen gewesen. Maria Wegner hatte das Mädchen allerdings mehr in Anspruch genommen als die damals vierjährige Ursula. So war sie, meine Mutter, dachte Ursula, und nahm für einen Moment wahr, dass Karl den Wasserhahn der Wanne abdrehte, bevor sich in ihrem Rücken die imaginäre Stimme ihrer Mutter erhob. Maria Wegner sang unaufhörlich die Tonleitern hinauf und hinab. »Nananana nanana. Ahahahahah …« Dabei raste Maria Wegner auf die bereitgehängten Kleider zu, die für den Auftritt zur Wahl standen, riss eins nach dem anderen von den Bügeln, hielt sie sich an, warf sie zu Boden, verzweifelt darüber, nicht zu wissen, welches Kleid sie anziehen sollte. Das Kindermädchen sammelte die Kleider seelenruhig auf, für die »gnädige Frau«, wie sie Ursulas Mutter nannte, während Ursula am Fenster stand und sich in Gedanken auf eines der grünen Pferde auf dem großen Tor begab und davonritt.

Viele Blumen hatten im Zimmer gestanden, nach den Auftritten der Mutter waren es noch mehr geworden. Dazwischen Geschenke und viele weihnachtlich verpackte Kartons, die die Mutter für Ursula zu Weihnachten hatte ordern lassen. Ursula erinnerte sich auch an den großen Weihnachtsbaum, der damals in der Empfangshalle stand. Sie hatte ihn sich auf ihr Zimmer gewünscht. So war sie froh, wenn sie mit dem Kindermädchen in der Empfangshalle in der Nähe des geschmückten Baums Schokolade trinken durfte, weil ihre Mutter sich ausruhen wollte, vor oder nach einem Auftritt.

Maria Wegner befand sich beinahe immer vor oder nach einem Auftritt. So war es viele Jahre lang, Ursulas erstes Leben lang gewesen.

Ich habe drei Leben, dachte Ursula. Auch Karl hatte drei Leben. Das dritte Leben leben wir jetzt, gemeinsam. Wir hätten auch schon unser zweites Leben gemeinsam verbringen können. Dass es nicht dazu gekommen war ... Ursula mochte nicht daran denken, nicht jetzt, nicht hier. Sie hatte schon so oft darüber nachgedacht. In ihrem zweiten Leben, in ihrem dritten. Sie hatte sich so häufig die Schuld gegeben. Und auch ihrer Mutter. Nein, sie mochte jetzt nicht daran denken. Ursula musste heute auch nicht mehr auf eines der grünen Pferde auf dem Brandenburger Tor steigen. Sie drehte sich um und rief: »Karl! Wir mischen uns jetzt unters Volk!« So wie Maria Wegner es auch immer gesagt hatte, wenn sie ihre Tochter an die Hand nahm, um sich mit ihr hinauszubegeben.

»Karl!«, rief Ursula noch einmal.

Doch Karl antwortete nicht. Ursula eilte ins Badezimmer der Suite. Ihr Mann lag regungslos da und starrte den Wasserhahn an. Der tropfte. Gleichmäßig, laut.

»Karl, ich mag jetzt nicht spielen!«

Karl sah weiter auf den Wasserhahn.

»Das Ding tropft. Und das im Adlon! In dieser Suite. So langsam müssten sie hier doch mal ihre Armaturen im Griff haben! Die hatten doch hier schon Bäder, als die meisten Leute in Berlin noch nicht mal fließend Wasser und eigene Toiletten hatten.«

Ursula wusste noch, dass ihre Mutter das Adlon besonders geliebt hatte, weil sie hier schon immer neben dem

Zimmer ein eigenes Badezimmer hatte. Für Stunden verschwand Maria Wegner darin, lag in der Wanne und trank Champagner. Wegen des Kreislaufs, gegen das Lampenfieber oder weil sie befürchtete, eine Erkältung zu bekommen, die ihre Stimme beeinträchtigen könnte. Sie fand immer einen Grund, Champagner zu trinken, als sie noch in Hotels wie dem Adlon abzusteigen pflegte. Das Adlon war nie mit anderen zu vergleichen gewesen. Es war *das* Hotel in Deutschland. Als Maria Wegner Jahre später bei Auftritten in Mittelklassehotels untergebracht wurde, hatte sie dort vielleicht manchmal auch ein Badezimmer, dies aber, weil die Zeit inzwischen eine modernere war. Wenn sie dann dort in der Wanne lag, trank sie Sekt oder Wein oder irgendetwas, was die Minibar hergab und die Sängerin selbst bezahlen musste. Oft schickte sie Ursula los, um Alkohol zu besorgen. »Ich sterbe, wenn ich nicht sofort etwas zu trinken bekomme. Ursula, du musst mir jetzt sofort Wein besorgen! Ich kann sonst nicht auftreten! Willst du das? Will hier irgendjemand, dass ich nicht auftreten kann?«

Ursula zog dann leise die Tür hinter sich zu und suchte in einem Konsum oder HO-Laden nach Wein oder Schnaps. Die Sorte war meist egal, der Preis nicht, also kaufte sie das Billigste. Wenn die Mutter protestierte, dann konnte Ursula vorgeben, dass es nichts anderes gegeben hatte. Damit hatte die Mutter wieder einen Anlass, ihre Schimpftiraden auf diese verfluchte DDR und die dort herrschende Mangelwirtschaft abzulassen. Es war manchmal, als erweckte Maria Wegner diese Wut zum Leben. Vor allem aber lenkte sie sie ab, vom Lampenfieber, das mit den Jahren immer größer wurde, und von ihren Launen, die sie vor den Auftritten nicht nur an Ursula ausließ. Als die Zeiten des Champagners vorbei gewesen waren, war sie auch dazu übergegangen, Lieder aus Operetten zu singen, wenn man dies von ihr wollte. Hauptsache, sie bekam eine Bühne, auf die man sie noch ließ. Auf die großen ließ man sie längst nicht mehr. Aber das war zu einer Zeit, als es auch das Adlon nicht mehr gab, jedenfalls nicht so, wie es damals war, und so, wie es heute ist.

Karl richtete sich in der Wanne auf.

»Zweihundertsechzig Zimmer hatte unser Adlon damals und einhundertzehn Badezimmer! Und das seit 1907, das muss man sich mal vorstellen. Das hat der alte Lorenz Adlon hinbekommen. 1907! Und heute tropft hier der Wasserhahn. Im Grabe würde er sich umdrehen, der alte Adlon. Das kannst du mir glauben. Ich habe ihn gekannt. Er hat meinen Vater sehr gemocht. Tropfende Wasserhähne sind unverzeihlich. Ich weiß, wovon ich rede, ich bin ja immerhin selbst ein Hotelbesitzer gewesen.«

»Und ich weiß, dass ich mich jetzt mit dir unters Volk mischen will. Und zwar sofort. Also raus aus der Wanne mit dir!«, verlangte Ursula.

Sie verließ das Badezimmer und öffnete den Koffer, den Karl für sich gepackt hatte, um ihrem Mann frische Wäsche rauszulegen. Obenauf lagen seine Zeichensachen.

»Das darf nicht wahr sein!«

»Ich muss arbeiten«, entgegnete Karl, als er nackt ins Zimmer trat.

»Und ich will mit dir hier Weihnachten und Silvester verbringen!«

»Das wirst du auch. Aber zwischendurch muss ich arbeiten, das Buch muss fertig werden.«

»Du kannst es doch im neuen Jahr zu Ende bringen.«

Karl nahm die Zeichenutensilien aus dem Koffer und breitete sie auf dem großen Esstisch der Suite aus. Ursula verschränkte die Arme über der Brust und sah ihrem Mann dabei zu. Karl kam lächelnd auf sie zu, griff hinter ihr Ohr und hielt ihr plötzlich ein Ei vors Gesicht.

»Voilà!«

Ursula lachte. »Jetzt zieh dich endlich an!«

*

In der Empfangshalle war es so voll wie in einem normalen Tagescafé. Nicht anders als im Café Heider in Potsdam, überlegte Ursula, unruhig, bunt, laut. Zu DDR-Zeiten war das Heider *das* Café gewesen, bekannt in der ganzen Republik. Wer nach Potsdam fuhr, musste Sanssouci besichtigen und im Café Heider einkehren, sonst war er nicht wirklich in Potsdam gewesen. Manchmal, wenn Ursula Besorgungen für ihre Mutter oder sich gemacht hatte, war sie nach Potsdam gefahren und hatte sich für eine Stunde in diesem Café ausgeruht, den nur hier erhältlichen Kuchen gegessen und die Künstler, Möchtegernkünstler und die Nickelbrillenträger mit den Hesse-Büchern beobachtet. Das Café Heider gab es heute immer noch, äußerlich kaum verändert gegenüber DDR-Zeiten, und es war immer noch ein beliebter Treffpunkt. Seit Karl bei ihr lebte, war Ursula ein paarmal mit ihm zusammen dort gewesen. Zu touristisch und zu laut war es ihr aber dann vorgekommen.

Ein Kellner hatte Karl und sie in der Adlon-Lobby nach Plätzen Ausschau halten sehen und kam auf sie zu, um ihnen anzubieten, an die noch unbesetzte Stirnseite eines

Couchtisches zwei Sessel zu schieben. Ursula sah Karl kurz an, der zog die Schultern hoch, dann nickte er. Ursula lächelte und bedankte sich etwas überschwänglich beim Kellner, der bereits die Getränkekarten bereitlegte. Sie wollte alles schön finden, was sie im Adlon erlebten, und keinerlei Missstimmungen aufkommen lassen. Sie hatte Karl dazu überredet hierherzufahren, noch einmal an diesen Ort, an ihren Ort. Weihnachten, Silvester. Und Karl hatte es möglich gemacht.

Früher war die Empfangshalle eine Halle gewesen, heute war sie offenbar ein Touristen-Café, dachte Ursula, doch wenn sie und ihr Mann erst eine gute Tasse Kaffee getrunken haben würden, würde die Welt im Hotel sicherlich ganz anders aussehen. Und wenn nicht, hätten sie noch die ganze Stadt Berlin, in der sie nach schönen Orten Ausschau halten könnten. Und sie hatten ihre Suite und die noblen Restaurants im Hause.

Doch Ursula liebte es eigentlich am meisten, in der Lobby zu sitzen und die Hotelgäste beim Kommen und Gehen beobachten zu können. Wenn das neue Adlon, wie das alte, das erste Haus Berlins war, dann würden sie hier alle Einzug halten, die Berühmtheiten aus Film und Musik, aus Politik und Sport. So wie Ursulas Mutter hier früher Einzug gehalten hatte, in ihrem weichen, fließenden Pelzmantel. Unter den Menschen in der Lobby war es dann für einen Moment still geworden, während Maria Wegner auf die Rezeption zuschritt und schon von weitem mit ihrer unvergesslichen Stimme »Einen recht schönen guten Tag« wünschte. Ursula hatte diese Momente geliebt, wenn sie sah, dass die Menschen sich gegenseitig anstießen, die Köpfe kurz zusammensteckten, sich etwas zuflüsterten und glaubten, dass Ursula und ihre Mutter es nicht bemerkten.

Später, als die Aufmerksamkeit nachließ, begab sich Maria Wegner weniger gern in die Öffentlichkeit. Wenn sie es tat, hatte sie Angst davor, erkannt zu werden, Angst davor, dass Menschen sie anstarrten, weil ihnen vielleicht Maria Wegners Gesicht bekannt vorkam, sie es aber nicht einordnen konnten. Woher kannte man diese Frau? Manche hielten es für das Beste, sie zu fragen. »Sie kenne ich doch! Aus dem Fernsehen? Oder ...« Manche hatten auch keine Hemmungen, Maria Wegner anzufassen, wenn sie sie ansprachen. Mit einem Star tat man so etwas nicht, gegenüber einem Star hielten sich die Leute zurück, aber gegenüber einem ehemaligen Star ...

Noch größer als die Angst, nicht wirklich erkannt zu werden, war die Angst, gar nicht erkannt zu werden. Also suchte Maria Wegner in der Öffentlichkeit immer nach Blicken, die ihr galten. Wenn sich ihr jemand zuwandte, war sie erleichtert und fühlte sich bestätigt. Gleichzeitig war sie auch angeekelt, weil viele Menschen ziemlich schamlos waren. Schließlich schützte sie sich davor, indem sie die Öffentlichkeit mied. (»Ursula, ich kann nicht selbst einkaufen gehen. Als Star kann ich nicht in irgendwelche Läden gehen, in denen mich Leute belagern«; »Ursula, du musst dafür sorgen, dass der Arzt zu mir ins Haus kommt! Ich kann mich als Star doch nicht in eine solche Poliklinik setzen!«)

Als Maria Wegner sich für den größten Star ausgab, war sie längst keiner mehr. Als sie noch einer war, hatte sie ihre Auftritte auf den großen Bühnen der Opern und Theater und in der Menge geliebt. Sie hatte zwar immer vorgegeben, die

Menge zu hassen, die Autogrammjäger und die Blitzlichter, in Wirklichkeit war sie süchtig danach gewesen. Unvergesslich für Ursula die Nacht, als Maria Wegner am Ende ihrer Karriere einen Auftritt in einer Bühnenshow hatte, mit einem einzigen Lied aus einer Operette. Ursula hatte ihre Mutter auch dieses Mal begleitet. (»Ursula, ich kann doch nicht allein zu meinen Auftritten reisen! Wenn ich schon keinen Fahrer mehr habe, weil das in diesem Land nicht üblich ist, dann musst du mich begleiten! Welchen Eindruck soll das machen, wenn ich als Star meine Koffer selbst trage?«) Nach dem Ende der Aufzeichnung waren Ursula und ihre Mutter zum Hotel zurückgekehrt. Das Haus lag im Dunkeln. Nur durch die gläserne Tür fiel etwas Licht auf den Asphalt. Kein Mensch war zu sehen. Maria Wegner verlangsamte ihre Schritte, richtete ihren weichen, fließenden Pelz, indem sie ihn ein Stück nach hinten über die Schultern schob, und ging sehr aufrecht auf den Eingang des Hotels zu. Dabei grüßte sie nach links und rechts und winkte, als würden zu jeder Seite des Weges Menschen Spalier stehen und auf sie, nur auf sie gewartet haben.

Karl legte die Getränkekarte zurück auf den Couchtisch in der Empfangshalle.

»Willst du hier wirklich Kaffee trinken?«

»Ja!«

»Hast du dir schon mal die Preise angesehen?«

Ursula sah erschrocken über den Tisch, doch das junge Paar gegenüber tat so, als hätte es nicht gehört, was Karl soeben gefragt hatte.

Ursula nahm die Karte. Sieben Euro kostete eine Tasse Kaffee, elf Euro ein Kännchen Tee.

»Ach, Karl! Ist doch gleichgültig. Hauptsache, es ist schön.«

»Weißt du, welche Marge auf Kaffee ist? Was die hier an einer Tasse verdienen? Unglaublich ist das! Sieben Euro für ein bisschen Kaffeepulver und heißes Wasser. Den Gästen in meinem Hotel habe ich so etwas nicht zugemutet. Wollen wir doch mal sehen, was der Kuchen kostet.«

Er schlug noch einmal die Karte auf.

»Da haben wir es: Sieben Euro und fünfzig das Stück!«

Ursula flüsterte: »Karl, wir sollten jetzt nicht aufs Geld schauen, du hast es doch auch nicht getan, als du die Suite gebucht hast!«

»Das ist was anderes. Aber das hier ist unverschämt!«

Der Kellner platzierte sich diskret neben Karls Sessel und tat so, als hätte er dessen Kommentar nicht gehört.

»Darf ich Ihnen etwas bringen?«

Karl sah Ursula an.

»Zwei Tassen Kaffee, bitte.«

Ursula lehnte sich zurück. Das Paar an ihrem Tisch war höchstens Anfang zwanzig. Die Haut sehr rein, das Haar glänzend. Wie Kinder, dachte Ursula. Der Junge trug Jeans, ein rosafarbenes Polohemd unter dem dunkelblauen Lacoste-Pullover. Das Mädchen war ähnlich gekleidet. Sie kauten von ihrer Torte und lächelten sich gelegentlich an. Einmal streichelte der Junge dem Mädchen übers Knie. Wie alle anderen Gäste auch hatten sie zu ihren Getränken eine Silberschale mit Gebäck bekommen. Ursula verspürte Hunger und hoffte, dass Karl und sie ebenfalls Kekse bekämen. Auf den Tischen brannten Kerzen in weihnachtlichen Blumenarrangements. Der große, prachtvoll geschmückte Weihnachtsbaum befand sich leider hinter Ursulas Rücken. Dafür sah Ursula direkt auf den Brunnen mit den Elefanten mit den Elfenbeinzähnen. Auf dem Brunnenrand saßen ringsherum Frösche, aus deren Mäulern unaufhörlich Wasser sprudelte.

Eine Familie betrat die Lobby und hielt vergebens Ausschau nach freien Plätzen, die Kinder trugen große Einkaufstüten von Gucci. Einige Gäste saßen auf der Galerie und speisten. Ein Page führte eine alte, stark gebeugte Dame am Arm, die sich für diesen Nachmittag offenbar schöngemacht hatte, an einen Tisch, an dem ein Paar um die sechzig wartend saß. Einige Gäste wirkten, als hätten sie den Aufenthalt oder auch nur ein Kaffeetrinken im Adlon in einem Preisausschreiben gewonnen.

Ein Pianist begann zu spielen, für Ursulas Geschmack zu laute und zu gefällige Musik. Der Kellner servierte den Kaffee. Ursula war erleichtert, dass es große Tassen waren. Auf der Silberschale sechs Stückchen Gebäck.

Karl meinte: »Garantiert nicht selbst gebacken, sondern aus der Dose.«

Der Kellner wollte gehen, Karl hielt ihn zurück.

»Ist denn Ihr Kuchen wenigstens selbst gebacken?«

»Selbstverständlich, mein Herr. Darf ich Sie zum Kuchenbuffet begleiten und Ihnen unsere Sorten zeigen?«

»Zählen Sie bitte mal auf, das reicht.«

»Preiselbeertorte, Eierlikörtorte, Marzipantorte, Sachertorte, Hochzeitstorte, und wir haben in der Vorweihnachtszeit auch Dresdner Stollen, auch selbst gebacken.«

»Na, wenn Sie Ihren Stollen hier gebacken haben, kann es ja wohl nicht Dresdner sein.«

Der Kellner überlegte einen Moment, was er darauf antworten sollte. Karl kam ihm zuvor: »Nichts für ungut, sollte ein Scherz sein. Bringen Sie uns also bitte …« Er sah Ursula an.

»Sachertorte für mich, bitte.«

»Und für mich bitte ein Stück Hochzeitstorte.«

»Sehr gern, die Herrschaften.«

Ursula fühlte sich plötzlich erschöpft. Wie erschöpft würde Karl erst sein? Sie würden auf keinen Fall nach dem Kaffeetrinken gleich noch über den Pariser Platz schlendern können. Ursula spürte jetzt schon das Bedürfnis, die Schuhe auszuziehen und die Beine hochzulegen. Um Karls Augen hatten sich dunkle Ränder gebildet. Der Kaffee würde sie sicher wieder beleben, hoffte Ursula.

Auf dem schwarz-weißen Marmorfußboden krabbelte ein kleines Kind. Die Kellner versuchten, sich nicht anmerken zu lassen, dass es sie in ihrer Eile beeinträchtigte, darauf achten zu müssen, nicht aus Versehen auf das Kind zu treten. Ursula hielt nach den Eltern Ausschau, doch alle vom Alter her Infragekommenden waren so vertieft in Gespräche, dass sie kaum die Eltern des Kindes sein konnten, die Übrigen waren zu alt.

Schließlich stand eine junge, elegant gekleidete Frau auf, hob das Kind hoch und drückte es ihrem Mann in den Arm. Das Kind schrie, weil es zurück auf den Boden wollte. Der junge Vater reichte es an seine Mutter oder Schwiegermutter weiter, die das schreiende Kind wie einen fremden Gegenstand von sich hielt. Das Kind beruhigte sich abrupt, denn es hatte die Vielzahl der Pailletten auf der eleganten Bluse seiner Großmutter entdeckt und griff mit voller Kraft hinein. Die Großmutter versuchte die Hand des Kindes von ihrer

Bluse zu lösen, doch es wäre ihr nur gelungen, wenn sie das Risiko eingegangen wäre, ihre Bluse zu zerreißen.

Ursula strich amüsiert ein paar Krümel von ihrem dunkelblauen Rock und streckte die Beine etwas aus. Das junge Paar an ihrem Tisch bezahlte mit einer Kreditkarte.

Karl stand auf, entschuldigte sich und ging die mit einem roten Teppich ausgelegten Stufen zur Toilette hinunter. Als Ursula ihn verschwinden sah, war sie beunruhigt, wie immer, wenn sie Karl aus den Augen verlor. Sie begann die farbige Glaskuppel an der Decke des Raumes zu betrachten.

»Du glaubst es nicht!«, sagte Karl, als er sich wieder neben Ursula setzte. »Keine Stoffhandtücher, sondern nur Papiertücher in den Toilettenräumen!«

Ursula legte Karl eine Hand aufs Knie und lächelte ihn an.

Ein Page trug ein Tablett, auf dem in einem silbernen Kübel eine Champagnerflasche und ein Glas standen, in Richtung Fahrstuhl. Ein erwachsener Mann, dachte Ursula, kein Junge, wie Karl es war, als sie ihn zum ersten Mal sah. Karl hatte damals an die Tür der Suite geklopft. Maria Wegner hatte auf dem Sofa gelegen und gerufen:

»Ich will niemanden sehen!«

Also öffnete Ursula nicht die Tür. Karl hatte energischer geklopft. So lange, bis Ursula sich schließlich doch zur Tür begab. Karl hatte sich gerade abgewendet, um zu gehen. Er drehte sich um und starrte das blonde Mädchen an, das beinahe einen Kopf größer war als er.

»Was soll die Klopferei? Meine Mutter darf nicht gestört werden!«, sagte Ursula.

Karl machte sich sehr gerade, so, wie er es heute noch

manchmal tut, wenn er vor Ursula steht, und sah noch einmal auf die Zimmernummer an der Tür.

»Die Herrschaften haben Champagner bestellt.«

Ursula griff nach dem Tablett mit der Flasche im Kübel und dem Glas.

»Gib her!«

Karl wich zurück.

»Es ist mein Auftrag, den Champagner zu servieren.«

»Meine Mutter will niemanden sehen, erst recht kein Personal!«

»Dann werde ich später wiederkommen, wenn es den Herrschaften genehm ist«, entgegnete Karl und wandte sich ab.

»Ursula«, rief die Mutter aus der Suite heraus, »was ist denn, was machst du denn da draußen so lange?«

»Aber nur bis in den Flur!«, befahl Ursula dem Jungen in der Uniform.

Karl betrat nach Ursula die Suite. Vom Flur aus sah er zu den vielen Blumensträußen und Briefen, die auf einem extra Tisch in der Suite drapiert worden waren.

»Hast du etwas zu trinken bestellt?«, fragte Ursula ihre Mutter.

»Na endlich! Ich verdurste!«, rief Maria Wegner und winkte den Jungen heran. Der verbeugte sich, als er das Tablett auf den Tisch am Sofa abstellte, und begann die Flasche zu öffnen.

Ursula ließ ihn nicht aus den Augen. Karl tat so, als bemerkte er es nicht. Weil seine Hände leicht zitterten, drückte er sie einfach fester um die Flasche und den Korken. Gekonnt öffnete er die Flasche, es gab nicht den leisesten Knall, kein

Tropfen ging daneben. Er reichte Maria Wegner das Glas. Sie trank es in einem Zug leer.

»Das tut gut.«

Karl schenkte nach.

»Gib dem netten Jungen etwas!«, wies Maria Wegner ihre Tochter an. Ursula holte einen Groschen aus der Geldbörse ihrer Mutter. Dabei vergewisserte sie sich, dass Karl nicht beobachtete, wo sie das Portemonnaie versteckt hielt.

Karl begab sich zur Tür. Ursula eilte ihm nach, reichte ihm das Geld.

»Nicht nötig!«, sagte Karl.

»Nun nimm schon! Meine Mutter will es so.«

Karl nahm das Geld. Dabei berührte seine Hand die von Ursula. Das Geldstück fiel zu Boden. Karl und Ursula gingen im selben Moment in die Knie, um es aufzuheben. Ursula kam Karl zuvor. Sie reichte ihm den Groschen. Dabei war sie mit dem Gesicht dem Jungen sehr nah. Wieder berührten sie sich mit den Händen. Karl errötete und richtete sich auf.

Ursula sah ihm nach, als er über den dicken Läufer zur Treppe ging. Er drehte sich nicht zu ihr um. Auch wenn er es gern getan hätte, wie er ihr viel später erzählte. Er hatte sich nicht umgedreht, weil er befürchtete, Ursula könnte ihm nachsehen. Oder sie könnte ihm nicht nachsehen.

Ursula sah Karl auf der Treppe verschwinden. Immer noch blieb sie stehen. Sie sah auf ihre Hand, in der sie das Geld gehalten und mit der sie den Jungen berührt hatte.

Aus der Suite rief die Mutter: »Ursula! Wo bleibst du denn?«

*

Wie meistens schlief die Mutter auch an diesem Nachmittag ein, nachdem sie die Flasche leer getrunken hatte. Ursula deckte sie vorsichtig mit einer Chinchilladecke zu und schlich aus dem Zimmer.

Auf dem Flur war bereits Musik zu hören. Es war Tanztee.

Ursula liebte es, den Leuten zuzusehen, die feingemacht ins Hotel kamen, um sich zu amüsieren. Insgeheim wettete sie dann, welche der kichernden Damen zuerst aufgefordert und welche nicht ein einziges Mal aufs Parkett geführt würde. Sie suchte nach der schönsten Frau, dem schönsten Hut, der schönsten Federboa. Dabei hielt sie sich hinter einer der Säulen versteckt. Die Kapelle spielte »Wenn du mich küsst, versinkt die Welt um mich«, während die ersten Paare bereits eifrig tanzten und andere sich noch Torte schmecken ließen. Kellner eilten an den Tanzenden vorbei, servierten Getränke und Kuchen. Einzelne Männer besahen sich zurückgelehnt die Damen, die bereits in den Armen anderer geschwungen wurden, oder unterhielten sich angeregt, während sie rauchten.

Ursula fand, dass keine der Frauen so schön aussah wie ihre Mutter. Die Männer würden sich um sie reißen, wenn sie zum Tanztee ginge, doch Maria Wegner verabscheute solche Veranstaltungen. Sie sei zu berühmt für so etwas, bedauerte sie, und dass ihr dadurch viele wahre Freuden des Lebens verwehrt blieben. Sie sei auch zu berühmt, um wirkliche Freunde zu finden oder einen neuen Mann oder wenigstens einen Vater für Ursula. Alle würden nur mit ihr zusammen sein wollen, weil sie die große Maria Wegner sei. So sei ihr Schicksal die Einsamkeit.

Ursula träumte davon, in den Zirkus oder ins Kino zu gehen, doch sie kam nur selten mit dem Kindermädchen an solche Orte, und allein zu gehen war ihr verwehrt, weil sie erst zwölf Jahre alt war.

Die Kapelle spielte »Kauf mir eine Tauberplatte, das ist eine Zauberplatte«. Mit Richard Tauber war die Mutter schon aufgetreten, zwar nicht zusammen, sondern nacheinander, doch zu gern erzählte Maria Wegner von Tauber. »Der Richard, mein guter Freund …« Und dann schauten die Leute ehrfurchtsvoll.

Ursula entdeckte den Jungen, der ihrer Mutter Champagner auf die Suite gebracht hatte. Er hielt die Tür auf, durch die die Kellner mit ihren Tabletts eilten. Ursula wich ein Stück hinter die Säule zurück. Einer der Kellner lächelte dem Jungen bei jeder Begegnung zu und kniff ihm einmal im Vorbeigehen in die Wange. Der Junge dankte es mit Lachen.

Als die Musiker »Du sollst mein Glücksstern sein« spielten, strömten so viele Paare auf die Tanzfläche, dass es für die Kellner kaum noch ein Durchkommen gab. Irgendwo lachte eine Frau so ausgelassen, dass es trotz der Musik zu hören war.

Ursula überlegte, wie sie sich dem Pagen unauffällig nähern könnte. Der lustige Kellner blieb vor dem Jungen stehen und fuhr mit der Hand hinter dessen Ohr. Plötzlich hielt er ein Ei in der Hand. Der Junge lachte. Ursula musste auch lachen, über das Ei, den Mann und den Jungen. Erschrocken über sich selbst, rückte sie noch weiter hinter die Säule.

Ein Mann an einem vollbesetzten Tisch winkte den Jungen herbei. Dieser verbeugte sich leicht und nahm die Anweisung entgegen, die Ehefrau des Mannes aufs Zimmer zu begleiten.

Die Frau weigerte sich, bis sie schließlich doch nachgab. Der Junge bat um Erlaubnis, ihr Täschchen und Mantel abzunehmen. Wütend drückte die Frau ihm den Mantel in den Arm, die Tasche wollte sie selbst tragen. Ihr Mann zog lächelnd den frei gewordenen Stuhl dicht an den Tisch. Er zündete sich eine Zigarre an, lehnte sich zurück und sah entspannt paffend in die Runde. Der Junge schleppte den langen Pelzmantel, dessen unteres Ende immer wieder auf dem Boden aufzukommen drohte. Die Frau torkelte ihm voran, während sie vor sich hin schimpfte, als würde ihr Mann ihr noch zuhören können. Sie knickte um, verlor einen Schuh, den der Page eiligst aufhob. Die Frau hielt ihm ihren Fuß entgegen. Der Junge kniete sich hin, um ihr den Hackenschuh anzuziehen, dabei kam der Pelz auf dem Boden auf. Die Frau zeterte. Am Fahrstuhl lehnte sie sich an und strich sich mit dem Handrücken über die Stirn. Der Junge sah auf die Tür des Lifts, die sich nach endlos scheinender Zeit öffnete, und verschwand mit der Frau darin.

Ursula lief die Treppen hinauf und suchte in jedem Stockwerk die langen Flure ab, bis sie in der dritten Etage die Frau und den Pagen aussteigen sah. Der Junge begleitete die Dame an ihre Zimmertür. Nachdem sie vergeblich versucht hatte, die Tür zu öffnen, forderte sie den Pagen auf, dies zu tun, und ließ sich ihren Mantel bringen. Ursula sah zu beiden Seiten des Flurs und überlegte, wo sie sich so platzieren könnte, dass sie dem Jungen wie zufällig begegnete. Sie stellte sich in die offene Fahrstuhltür.

Der Junge kam aus dem Zimmer und mit ernstem Blick direkt auf Ursula zu. Sie tat so, als sähe sie ihn nicht. Er ging an ihr vorbei auf die Treppen zu.

»Du kannst mitfahren«, sagte sie leise, als er bereits an ihr vorbeigegangen war.

Der Junge drehte sich um.

»Dem Personal ist es nicht gestattet, Fahrstuhl zu fahren, es sei denn, wir begleiten Gäste.«

Ursula wusste nicht, was sie noch sagen sollte. Der Junge ging die Treppe hinab. Ursula ließ den Fahrstuhl wegfahren und lief ebenfalls die Treppe hinunter – in sicherem Abstand zu dem Jungen. Bevor er im Eingang zur Küche verschwand, drehte er sich zu ihr um und sah sie an. Ursula behauptete später, er habe sie angelächelt. Doch Karl bestritt das. Er habe sich zwar zu ihr umgedreht, aber nicht gelächelt.

Das Orchester spielte: »So wie ein Lied im Winde weht«.

*

Ursula lief die Treppen wieder hinauf. In der Suite hörte sie noch leise die Musik vom Tanztee. Die Mutter röchelte im Schlaf durch den offenen Mund. Und doch schien es Ursula plötzlich sehr still.

Sie verließ das Zimmer wieder und schlenderte wie zufällig den Gang zur Küche entlang. Durch die etwas offen stehende Tür sah sie den Jungen. Er saß auf einem Stuhl und zog eine Karte aus der Hand des Kellners, der vorhin ein Ei hinter dem Ohr des Jungen hervorgezaubert hatte. Ein paar weitere Kellner sahen gebannt zu. Der Trickkünstler sagte etwas, das Ursula nicht verstehen konnte. Der Junge lachte überrascht auf, die Umstehenden ebenfalls, dann eilten sie auseinander. Die Tür klappte auf und zu. Ursula bemerkte den Blick des Jungen und erwiderte ihn. Später sollte Karl scherzend sagen, sie sei ihm nachgelaufen. Ursula stritt dies vehement ab und behauptete, Karl sei es gewesen, der immer wieder unverhofft vor ihrer Tür gestanden habe. Karl gab schließlich zu, versucht zu haben, in ihre Nähe zu gelangen, nachdem er Ursula zum ersten Mal begegnet war. Wenn es hieß, »die Wegner« wolle etwas auf ihr Zimmer gebracht haben, dann hatte er sich angeboten, den Gang zu übernehmen, so lange, bis auch seinem Vater aufgefallen war, dass ihm offenbar etwas daran lag. Und solange sich »die Wegner« nicht beschwerte, schien sie ja damit einverstanden zu sein, nur von einem Pagen bedient zu werden. Immer wenn Karl an die Tür der Suite klopfte, hoffte er, dass ihm das Mädchen öffnen würde. Fast immer öffnete sie ihm. Nie lächelte sie. Er hätte sie gern angesprochen, doch das durfte er nicht, auch wenn er ahnte, dass sie darauf wartete. Nur ein Wort von ihm, stellte er sich vor, und sie würden gemeinsam aus dem Zimmer laufen, lachend. Karl fürchtete sich davor, an diese Tür zu klopfen, diese fremde Welt zu betreten, in der es so schwer nach Orchideen duftete und in der das Mädchen und die berühmte Frau wohnten, obgleich er sich danach sehnte.

Wenn sich Menschen wie Maria Wegner im Restaurant, im Ballsaal oder in der Empfangshalle aufhielten, waren sie Karl nicht fremd. Doch hinter ihren Zimmertüren, wenn sie sich manchmal gehenließen oder sich benahmen, als wären sie allein, obwohl der Page im Zimmer stand, dann fragte er sich, ob die Gäste denn nicht bemerkten, dass er ihre Körper unter den nachlässig geschlossenen Bademänteln, die unfrisierten Haare, ihre vulgären Gesten sah und ihre ordinäre Sprache vernahm?

Das blonde Mädchen jedoch wirkte nie nachlässig. Es

stand immer sehr aufrecht und hielt den Kopf erhoben, als gäbe es die peinlichen Situationen nicht, die ihre Mutter verursachte. Auch Karl ließ sich nicht anmerken, wenn ihn etwas unangenehm berührte. Das war seine Aufgabe, und das tat er für das Mädchen. Einmal zeterte Maria Wegner: »Sag dem Kerl, er soll mir Milch bringen, Milch mit Honig, für meine Stimme!«, so, als wäre Karl gar nicht im Zimmer, als wäre auch das Mädchen eine Bedienstete. Er sah es an. Und glaubte ein Flackern in ihren Augen zu sehen. Danach hob sie den Kopf noch ein Stück höher und ging ihm ein paar Schritte nach in Richtung Tür.

Karl drehte sich um.

»Ich bin gleich wieder hier.«

Das Mädchen nickte und schloss hinter ihm die Tür. Vor der Suite fühlte sich Karl frei. Dann lief er los, weil er das Mädchen nicht zu lange allein in der Welt hinter dieser Zimmertür lassen wollte.

*

Wenn er abends mit seinem Vater die Friedrichstraße entlang nach Hause ging und sie endlich heimlich darüber reden konnten, was sie in ihrem Beruf tagsüber im Adlon mit manchen Gästen erlebt hatten, ertappte sich Karl dabei, dass er Erzählungen über Maria Wegner ausließ, wenn er sich über diesen oder jenen Gast belustigte. Auch als sein Vater nachfragte, wie »die Wegner« denn so sei, antwortete Karl, dass sie nett sei, ruhig und sehr höflich. Als sein Vater meinte, dass das »Fräulein Tochter« wohl ziemlich hochnäsig sei, nahm der Junge das Mädchen in Schutz. Sein Vater sah ihn an und lächelte. Karl spürte, dass er errötete.

»Ich habe heute einen Anpfiff bekommen, weil wir bei der Arbeit so viel lachen«, sagte der Vater. »Wir dürfen nicht lachen, das weißt du.«

Lorenz Adlon hatte vor der Eröffnung seines Hotels ein Papier verfasst, das die Pagen ausgehändigt bekamen und auswendig lernen mussten. »Die Pflichten des Pagen« umfassten vier Punkte, wobei zum Beispiel Punkt vier in noch mehrere Punkte unterteilt worden war. »Ehrlichkeit, Pünktlichkeit, Fleiß und Energie, Sauberkeit an Körper und Kleidung, die tadellose Frisur, Grußpflicht, das Antreten zum Appell vor Dienstantritt, die Anrede der Gäste (Gnädige Frau, Durchlaucht etc.), alle Vorschriften für die zu verrichtenden unterschiedlichen Dienste in der Halle, an der Tür, beim Überbringen der Post (grundsätzlich auf einem silbernen Tablett, erhältlich im Postbüro), das Melden an der Restaurantkasse, um alle Viertelstunde Rechnungen zur Hauptkasse zu bringen oder Kleingeld zu besorgen, das Halten des Lustbarkeitssteuerblocks, um jedem Gast, der das Restaurant neu betrat, einen entsprechenden Bon auf den Tisch zu legen. Dienst im Lesesaal, Etagendienst – für alles gab es Reglements. Karl hatte sie auswendig gelernt, und er befolgte sie. Nur das Nicht-lachen-Dürfen, das fiel ihm schwer.

Du darfst nicht so viel Quatsch mit mir machen und so viel zaubern, wollte Karl seinen Vater bitten. Doch was er am wenigsten wünschte, war, dass sein Vater aufhörte zu zaubern.

Max Schoene beherrschte die unglaublichsten Kartentricks, konnte jonglieren und Teller auf Stöcken tanzen lassen, er ließ Zigaretten und Eier verschwinden, die dann später woanders wiederauftauchten. Max Schoene war ein Künstler, der sich nach keiner Bühne sehnte, denn es genügte ihm, seinen Sohn zu unterhalten oder seine Kollegen. Eines Tages würde er Karl alle Tricks beibringen, das hatte er versprochen. Doch Karl war deswegen nicht ungeduldig, denn wenn er die Tricks wüsste, wäre sein Vater kein echter Zauberer mehr. Ein Künstler vielleicht, ein Könner, aber kein Zauberer mehr.

Max Schoene steckte sich eine Zigarette an und stellte einen Fuß auf die Straße. Pfeifend humpelte er mit dem anderen Fuß auf der Bordsteinkante. Karl tat es ihm nach, den weiten Weg nach Hause in die Grunerstraße.

Dort stiegen sie die Stufen zur Wohnung hinauf. Der Vater entfachte in der Küche das Feuer im Kohleofen. Karl nahm einen Schlüssel vom Haken, für die Toilette zwei Treppen tiefer, die sie sich mit den Nachbarn teilten. Sie war besetzt.

»Momentchen!«, rief Herr Schultze von drinnen.

Karl hörte, wie der Nachbar mit Zeitungspapier raschelte.

Schultze kam heraus und machte sich die Hose zu.

»Nun mal nicht so eilig mit die jungen Pferde!«

Karls Vater hatte inzwischen ein paar Stullen mit Schmalz beschmiert und saure Gurken auf den Teller dazugelegt. Als Vater und Sohn aßen, salzte Max Schoene sein Brot mehrmals nach. Karl hoffte, dass der Vater nicht wieder die Geschichte erzählen würde, dass seine Eltern manchmal so arm gewesen seien, dass er nur »trocken Brot« zu essen bekommen habe, auf das er zu spucken pflegte und sich dabei einredete, es sei Butter oder wenigstens Schmalz, und die Spucke ordentlich gesalzen habe.

Seit Max Schoene im Adlon kellnerte, ging es ihnen gut. Wenn Karl eines Tages auch eine feste Anstellung im Adlon bekäme, dann ginge es ihnen noch besser. Am besten ging es ihnen, als Karls Mutter noch lebte, doch sie war eines Tages erst blass und dann immer weniger geworden, an Schwindsucht gestorben, hieß es. Sein Vater redete nicht darüber. Obwohl Karl sehr oft an seine Mutter dachte, hatte er das Gefühl, sie zu vergessen. Im Schlafzimmer hing ein Bild von ihr. Auch ihr Bett war noch neben dem des Vaters. Karl hatte nach dem Tod der Mutter nie mehr gewagt, ins Ehebett der Eltern zu springen, so wie früher manchmal, sonntags, wenn der Vater nicht arbeiten gehen musste. Aber da war Karl noch klein gewesen, jetzt war er bereits dreizehn Jahre alt, da sprang man nicht mehr in die Betten der Eltern.

Karls Vater stellte den größten alten Topf auf eine heiße Herdplatte und brachte im Wasser darin Wäsche zum Kochen. Spülen, Wringen, Aufhängen. Im Adlon mussten die beiden »Männer« immer tadellos aussehen, und das taten sie auch. Dass er das allein bewältigte, ohne Frau, darauf war Max Schoene stolz. Karl war erst sieben Jahre alt gewesen, als seine Mutter starb. Schultzes, die Nachbarn, waren eingesprungen, wenn Max Schoene zur Arbeit musste. Oder wenn er sich in den ersten Wochen nach der Beerdigung häufiger betrank. Schultzes hatte Max Schoene viel zu verdanken, auch wenn er nicht immer ein gutes Gefühl gehabt hatte, wenn er seinen Sohn bei ihnen ließ. Aber es hatte dem Jungen nicht geschadet, er hatte alles gut verkraftet. Auch den Tod seiner Mutter. War alles schon so lange her. Und Karl hatte ja seinen Vater und dieser seinen Sohn. Wenn Max' Sehnsucht nach Lucie manchmal zu stark wurde, dann versuchte er sich nichts anmerken zu lassen, dann machte er

Quatsch, dann zauberte er. Und manchmal ging er noch in die Kneipe, nur manchmal.

In der Küche war es jetzt so warm, dass Karl den Vater um Erlaubnis fragte, die Tür zu seiner Kammer öffnen zu dürfen. Der Vater nickte, während er mit einem großen Holzlöffel, der durch die Seifenlaugen weißlich geworden war, Wäschestücke aus dem kochenden Wasser hob und in die Zinkwanne mit kaltem Spülwasser klatschte. Karl durfte ihm noch nie bei der Kochwäsche helfen. Zu viele Kinder zögen sich Verbrennungen durch Seifenlauge zu. Max Schoene schob die Wanne mit dem kalten Wasser ein Stück weiter in die Küche hinein. Jetzt durfte sein Sohn die Wäscheteile im Spülwasser schwenken, wringen und schwenken. Das Wasser wurde trüb und warm, danach kamen die Stücke in eine weitere Wanne zum letzten Spülgang. Dieses Wasser blieb dann kalt. Karls Hände waren eiskalt. Wringen, wringen. Am Fenster zum Innenhof hatte der Vater außen ein paar Stricke gespannt. Schnell die Teile aufhängen, die Wäsche gefror augenblicklich. Doch solange sie tropfte, wusste Karls Vater drinnen nicht, wohin damit, der Frost würde die Nässe entziehen. Er musste nur aufpassen, wenn er die hartgefrorene Wäsche abnahm, dass sie nicht zerbrach.

Karl hauchte in seine Hände und wollte sie an den Ofen halten. Der Vater verwehrte es ihm, solange die kochende Seifenlauge noch darauf stand.

»Geh ins Bett, dort wird dir warm werden«, sagte er.

Karl schlug das dicke Federbett zurück, damit die Wärme, die aus der Küche ins Zimmer trat, auch die Matratze erreichte. Sein Vater goss ihm etwas warmes Wasser, das er in einem Kessel auf dem Herdofen erwärmt hatte, in eine Schüssel.

Karl verschwand nochmals, solange er noch bekleidet war, zwei Treppen tiefer auf dem Klosett. Danach wusch er sich eilig, weil sein Vater nun auch die Tür zum Schlafzimmer öffnete und es in der Küche augenblicklich kalt wurde. Es war spät, und Kohlen waren zu teuer, um so viele nachzulegen, dass es die gesamte Nacht über in der Wohnung warm sein würde. Am Fenster über der Wäsche bildeten sich am unteren Rand Eisblumen. Karl kippte sein Waschwasser in den Ausguss und eilte ins Bett.

Er zog eilig die dicke Bettdecke über seinen Körper und nahm eines von seinen acht Büchern von dem Brett, das an einer Kordel an zwei Haken über seinem Bett hing. Die *Geschichte vom Struwwelpeter* hatte er lange nicht angesehen. Als er noch klein war, hatten ihm die Geschichten um den Jungen, dessen Daumen abgeschnitten wurden, weil er nicht aufhörte, daran zu lutschen, oder die des Jungen, der verhungerte, weil er seine Suppe nicht aufessen wollte, Angst gemacht. Nun aber sah er sich die Geschichten an, weil er keine anderen Bücher mehr hatte. Vielleicht sollte er sich ein Buch zu Weihnachten wünschen, überlegte er, aber er brauchte auch eine neue Hose. Er wuchs in letzter Zeit schnell aus allem heraus. Vielleicht würde er eines Tages so groß wie sein Vater werden, hoffte Karl. Er wäre dann bald größer als dieses Mädchen mit den blonden Zöpfen aus der Suite 107. Er wollte nicht zu einem Mädchen aufschauen müssen.

Das Mädchen, das in einer der Struwwelpeter-Geschichten verbrennt, weil es immer mit dem Feuer spielte, tat ihm leid. Hatte es denn keine Mutter und keinen Vater, die auf es aufpassten? Mein Vater passt immer auf mich auf, dachte Karl und klappte das Buch zu. Er rieb die kalten Füße unter der Decke aneinander. Die Mutter von dem Mädchen aus der Suite 107 passte nicht richtig auf ihre Tochter auf, da war er sich sicher.

*

Ursula rutschte an einem dieser Tage wieder vom Geländer und bemerkte nicht, dass der Junge die Treppen heraufkam. Sie kam auf dem Boden auf, machte eine Pose, drehte sich um, und plötzlich stand er vor ihr und war ihr sehr nah.

Ursula spürte, dass sie errötete, und ärgerte sich darüber.

»Was machst du denn hier?«

Karl stieg die Treppen weiter hinauf, in den Händen ein paar silberne Tellerchen, auf denen Weihnachtsgebäck, eine Aufmerksamkeit des Hauses, lag. Er klopfte an die erste Zimmertür. Als niemand dort zu sein schien, öffnete er die Tür und stellte einen Teller auf dem Tisch im Zimmer ab. Ursula wartete in der Tür auf ihn und ging ihm dann zum nächsten Zimmer nach. Die gleiche Prozedur. Karl brachte Gebäck in das Zimmer. Dieses Mal folgte ihm Ursula hinein.

Karl flüsterte: »Das darfst du nicht!«

Ursula sah sich um. Wie klein diese normalen Zimmer gegen das ihrer Mutter waren. Manche hatten nicht einmal Badezimmer. Karl hatte noch für ein weiteres Zimmer Gebäck. Je mehr er Ursula davon abhalten wollte, ihm in das Hotelzimmer zu folgen, desto tiefer drang sie ein. Karl beeilte sich, so schnell wie möglich das Zimmer zu verlassen. Das Mädchen lachte und rief: »Warte doch!«, während es hinter den Vorhängen aus dem Fenster blickte, wo sie einen ihr bisher unbekannten Blick in den Hof hatte. Als Karl plötzlich die Stimmen eines Paares hörte, das sich dem Zimmer näherte, eilte er zu Ursula und flüsterte:

»Da kommen welche!«

Ursula rannte erschrocken in Richtung Tür, doch es war längst zu spät, aus dem Zimmer zu fliehen. Sie lief zurück und versteckte sich hinter dem Vorhang. Ihre Schuhspitzen schauten hervor. Karl griff die Schale mit dem Weihnachtsgebäck und ging auf das Paar zu, das in der offenen Tür stand.

»Eine Aufmerksamkeit des Hauses«, sagte Karl, während das Paar an ihm vorbei ins Zimmer trat. Der Vorhang bewegte sich, Ursula versuchte ihre Füße besser zu verstecken. Der Vorhang zitterte, weil sie zitterte. Karl rief dem Paar zu, dass er auch den Auftrag habe, im Badezimmer nach dem Rechten zu sehen, es könne sein, dass das warme Wasser nicht recht laufe, ob den Herrschaften etwas aufgefallen sei. Die Frau ließ ihren Mantel aufs Bett fallen. Karl holte eilig einen Bügel.

»Würden die Herrschaften so freundlich sein und mich ins Badezimmer begleiten, damit bald alles wieder zu Ihrer Zufriedenheit ist?«

»Also, vorhin war alles noch bestens. Wie immer im Adlon«, sagte der Mann.

Karl sah hinter dem Rücken des Paares den Vorhang zittern und trat von einem Fuß auf den anderen. Die Frau hob fragend die Schultern.

»Also gut«, sagte der Mann und ging voran ins Badezimmer.

»Gnädige Frau«, sagte Karl.

Die Frau folgte ihrem Mann.

»Wie unangenehm«, sagte sie, als ihr Mann über die Wanne gebeugt das Wasser aufdrehte und darauf wartete, dass es heiß würde. Karl stand hinter den beiden in der Tür und gab dem Mädchen hinter dem Vorhang heimlich das Zeichen, schnell aus dem Zimmer zu verschwinden. Endlich wagte sich Ursula hervor. Das laute Geräusch, mit dem das Wasser in die Wanne fiel, übertönte die Schritte des Mädchens. Aus den Augenwinkeln sah sie noch Karls ängstliches Lächeln. Als sie die Treppen hinunterlief, hörte sie ihren Puls. Schließlich stand sie mit rotem Kopf in der Empfangshalle. Sie eilte wieder die Treppen hinauf, in die Etage, in der das Zimmer ihrer Mutter lag.

»Da bist du ja endlich«, rief die Mutter. »Bist du wieder das Geländer runtergerutscht? Wie oft soll ich dir noch sagen, dass sich das für ein Mädchen nicht schickt! Und für meine Tochter schon gar nicht!«

Ursula schmiss sich mit dem Rücken und ausgebreiteten Armen aufs Bett.

»Ich schwöre, ich werde nie wieder Geländer hinunterrutschen!«

Sie rollte sich zur Seite und begann zu lachen.

*

Am Heiligabend wurde im Kaisersaal zu Abend gegessen. Die festliche Weihnachtsdekoration und der Kerzenschimmer ließen die ohnehin außergewöhnlichen Details, mit denen das Hotel ausgestattet war, noch luxuriöser erscheinen. Der goldfarbene und rote Marmor, die Büsten, die Möbel in warmen Holztönen, die Kissen in Seidenbezügen, die Täfelungen aus Mahagoni, die bemalten Stuckdecken, die Vorhänge aus Damasten, die Gemälde und Intarsien, der rote Teppich auf der Treppe – alles, was denjenigen, die hier öfter und länger logierten, oder denjenigen, die bereits seit Jahren im Adlon arbeiteten, vielleicht normal vorkommen konnte, war in diese Weihnachtsatmosphäre getaucht doch außergewöhnlich.

Im Kamin loderte ein Feuer. Die Kellner eilten von Tisch zu Tisch.

»Im Adlon laufen nicht nur immer die Kellner, sondern auch das Wasser«, meinte ein Gast an Ursulas Tisch, und die anderen speisenden Gäste nickten zustimmend. Während der eine oder andere zwischen zwei Bissen das Seezungenfilet lobte, das in Weißwein und Champignonessenz pochiert und mit Scampi- und Trüffelscheiben sowie mit Champignons garniert war, kaute Ursula den Fisch appetitlos.

Sie blickte unentwegt auf die Tür, doch der Junge in der blauen Uniform war nicht zu sehen, nur sein Vater, der offenbar vielen Gästen ein bekannter und beliebter Kellner war.

Als Dessert gab es Schokoladeneis. Ursula löffelte es langsam und ließ die Schokoladenstücke im Mund zergehen. Die Mutter schob ihr, mit einem Blick auf das in den letzten Tagen zu weit gewordene Kleid, ihre Schale mit Eis hin. Ursula begann, auch diese leer zu essen.

Maria Wegner sprach dem Wein zu. Der Kellner schenkte nach, bevor ihr Glas leer getrunken war. Ursulas Mutter zündete sich nach dem Essen eine Zigarette in einer langen Spitze an, lehnte sich zurück, inhalierte tief und stieß dann den Rauch nach dem ersten Zug wie erleichtert aus, bevor sie erneut an der Zigarette zog und in die Runde blickte, als könnten ihr die Menschen um sie herum nun nichts mehr anhaben. Maria Wegner rauchte selten, weil sie ihre Stimme zu schonen versuchte. Wenn sie rauchte, hatte sie meist bereits zu viel getrunken. Ursula war es gleichgültig, denn heute war Heiligabend. Später auf der Suite würde sie von ihrer Mutter noch Geschenke bekommen – oder Geld.

Die Gäste, die zum Galadiner am Tisch von Maria Wegner und ihrer Tochter platziert worden waren, redeten über das Wetter, die Politik und ihre Fabriken. Maria Wegner hatte offenbar keine Lust, sich an den Gesprächen zu beteiligen, sie rauchte mit abwesendem Blick.

Ursula schob ihren Stuhl nach hinten und entschuldigte sich, um auf die Toilette zu gehen. Vielleicht würde sie dem Jungen in der blauen Uniform in der Empfangshalle begegnen?

Sie schritt aufrecht durch die schmalen Gänge zwischen den großen, vollbesetzten Tafeln im Kaisersaal. Plötzlich packte sie ein Mann am Handgelenk.

»Hier geblieben, kleines Fräulein!«, sagte er und zog Ursula zu sich heran. »Sag deiner Mutter von mir, dass sie uns was zum Besten geben soll, zur Feier des Tages!«

Ursula lächelte höflich und versuchte, vorsichtig ihren Arm aus der Hand des Mannes zu lösen.

»Bitte entschuldigen Sie, aber meine Mutter singt nicht einfach so für Fremde.«

Der Mann, der wie einige andere auch an diesem Abend einen braunen Dienstanzug mit schwarzem Binder und Stiefel trug, lachte laut auf, wobei er in die Runde erwartungsvoller Menschen an seinem Tisch sah.

»Du meinst, deine Mutter singt nicht umsonst!«

Ursula hielt dem Blick des Mannes stand.

»Was kostet sie denn, deine Mutter?«, fragte der Mann mit lauter Stimme, dann lachte er wieder. »Ich meine, was kostet ein Lied von ihr?«

Ursula sah kurz zu ihrer Mutter und wusste, dass diese die Szene längst im Blick hatte und dem Geschick ihrer Tochter vertraute.

Der Mann griff in die Innentasche seiner braunen Jacke und holte ein Bündel Scheine hervor, das er mit einer goldenen Klammer zusammenhielt. Er drehte Ursulas Faust, die er immer noch am Gelenk fest umklammerte, zu sich und presste fünfzig Reichsmark hinein.

»Das sollte reichen!«, sagte er laut, in einem Ton, der ahnen ließ, dass er sein Anliegen bereits bereute. »Dafür möchten wir aber ein schönes Lied, am besten eines, das der Tauber immer singt. Das vom ›Hofe von Eisenach‹ oder ›Freunde, das Leben ist lebenswert‹.«

»Oder ›Dein ist mein ganzes Herz‹«, rief einer der Gäste.

Ursula ging betont langsam zu ihrer Mutter an den Tisch zurück. Diese tat überrascht, als Ursula ihr das Angebot des Mannes ins Ohr flüsterte. Nach einigem Zögern stand Maria Wegner auf. Jemand klopfte mit einem Messer an sein Weinglas. Im Kaisersaal wurde es ruhig.

»Auf Wunsch eines einzelnen Herrn werde ich jetzt singen, aber nur, wenn es auch den übrigen Herrschaften recht ist.«

Die Gäste klatschten begeistert.

Nachdem Maria Wegner den Beifall eine Weile ausgekostet hatte, schritt sie zum Flügel, an dem ein Pianist bis eben im Hintergrund weihnachtliche Lieder gespielt hatte. Die Sängerin besprach sich mit ihm, der Mann im Frack nickte zustimmend. Maria Wegner begab sich an die Seite des Flügels und hielt sich ein paar Sekunden lang daran fest, was vermutlich nur Ursula auffiel. Die Gäste im Saal rückten ihre Stühle zurecht, damit sie besser sehen konnten. Es wurde still. Der Mann in der Uniform genoss die Aufmerksamkeit, als gelte sie ihm. Ihm und seinen fünfzig Reichsmark hatten es die Gäste zu verdanken, dass die große Sängerin nun dort vorn stand. Dann war es, als stieße sich Maria Wegner vom Flügel ab, und sie begann zu singen, nachdem der Pianist ein paar Noten gespielt hatte. Die Arie aus dem Schluss des »Figaro« von Mozart. Im »Alleluja« des »Exsultate, Jubilate« sang sie das hohe C am Ende dieses Jubelstückes so gut, wie Ursula es selten gehört hatte.

Wie oft hatte sich das Mädchen vor schwierigen Passagen, die ihre Mutter stimmlich auf der Bühne zu bewältigen hatte, gefürchtet. Wie selten war etwas schiefgegangen, und noch seltener hatte jemand im Publikum die Fehler bemerkt. Doch an diesem Heiligabend im Adlon sang Maria Wegner vor diesen Leuten brillanter, als sie es so manches Mal auf Bühnen getan hatte. Ursula war erregt, als ihre Mutter unter großem Applaus an den Tisch zurückkam, die Rufe nach Zugaben ignorierend. Wer sie kannte, wusste, dass sie nur auf den großen Bühnen Zugaben gab, und dort auch nicht mehr als nötig. Man dürfe niemals leicht zu kriegen sein, sagte die Mutter häufig. Man müsse sich rar machen, wenn man geliebt werden wollte, das sagte sie auch. So machte sich Maria Wegner rar, indem sie mit Liedern geizte, wenn diese nicht vereinbart waren. Aber ein Lied im Hause Adlon am Heiligabend für fünfzig Mark, das konnte sie spendieren, das war nicht zu billig.

Bevor Maria Wegner sich wieder an den Tisch setzte, verbeugte sie sich lange und blickte dabei in die Runde. Ihr langes blondes Haar fiel herab, sie warf es nach hinten, als sie sich wieder aufrichtete und in die immer noch klatschende Menge sah. Ursula bemerkte die vielen Blicke, die auch auf sie gerichtet waren. Sie gehörte zu dieser Frau, und dies war einer der Momente, in denen sie sich nichts Schöneres, mit Stolz Erfüllenderes vorstellen konnte. Sie kannte niemanden, der eine solche Mutter hatte wie sie. Sie kannte niemanden, der so sehr dafür bewundert wurde, das Kind von der- oder demjenigen zu sein.

Der Applaus wurde weniger. Ein Mann rief nochmals »Zugabe!«. Doch Maria Wegner setzte sich an ihren Tisch, führte ihr Glas an die Lippen und trank, als wäre sie nicht gemeint. Die Leute rückten ihre Stühle zurück an die Tische und unterhielten sich wohl noch eine Weile über die Sängerin. Vielleicht war dieser Abend durch ihr Lied ein unvergesslicher Heiligabend geworden.

Maria Wegner griff unter dem Tisch nach dem Handgelenk ihrer Tochter. Ursula öffnete die Faust, die Mutter nahm die fünfzig Mark an sich. Der Geldschein war feucht.

In diesem Moment entdeckte Ursula ihn, Karl, den Jungen in der blauen Uniform. Wie lange stand er dort schon an der Tür? In Ursulas Stolz auf die Mutter mischte sich ein Gefühl, das sie nicht benennen konnte. Sie hoffte, dass der Junge nicht die Szene, in der Ursula dabei geholfen hatte, dass die Mutter ein Lied verkaufte, beobachtet hatte. Inzwischen eilten die Kellner, die während des Auftritts abwartend an den Wänden gestanden hatten, wieder durch den Saal, nahmen Bestellungen auf, räumten leeres Geschirr ab und schenkten Getränke nach. Noch eine Weile blieb der Junge an der Tür stehen und sah Ursula an, dann ging er hinaus. Ursula überlegte eine Ausrede gegenüber ihrer Mutter, um ihm folgen zu können. Doch Maria Wegner kam ihr zuvor, sie schob ihren Stuhl zurück.

»Verehrte Herrschaften, bitte entschuldigen Sie mich und meine Tochter. Heute ist Heiligabend, meine Tochter kann die Bescherung kaum noch erwarten. Wir wünschen Ihnen allen noch einen schönen Abend.«

Ursula ging hinter ihrer Mutter her, und es war ihr, als könnte sie die Blicke der Gäste in ihrem Rücken spüren. Sie gingen zur Tür hinaus, aus der zuvor der Junge gegangen war. Er war nirgends zu sehen. Im Fahrstuhl stöhnte die Mutter erschöpft und sah dann in ihre Handtasche, ob der Geldschein noch darin lag. In der Suite streifte sie noch im Flur die Schuhe von den Füßen.

»Hol mal den großen Garderobenkoffer!«, rief sie, während sie auf ihr Bett zuging.

Ursula zerrte den Koffer in die Mitte des Raumes. Maria Wegner ließ sich auf ihr Bett fallen.

»Fröhliche Weihnachten, mein Kind. Alles, was in dem Koffer ist, ist für dich. Hoffentlich passt das alles noch, so dünn wie du in letzter Zeit geworden bist.«

Während Ursula Kleider, Wäsche, ein Buch und Haarschmuck auspackte, schlief ihre Mutter auf dem Bett ein. Ursula zog sie später aus, so gut und vorsichtig, wie es ihr gelang. Danach saß sie vor dem Berg Geschenke, zerrissenem Papier und Schleifen. An jedem Päckchen war ein Kärtchen gewesen, von den Geschäften, aus denen die Mutter die Sachen ins Hotel hatte kommen lassen.

Ursula überlegte, ob sie eines der Kleider anprobieren sollte. Sie blätterte kurz in dem Buch herum. Sollte sie ebenfalls ins Bett gehen? Es war Heiligabend. Sie trat ans Fenster und sah hinaus auf den Pariser Platz. Er war menschenleer. Viele Menschen bescherten sich jetzt. Nur die Frau auf dem Tor mit ihren grünen Pferden wirkte so, als wäre jeder Tag gleich, als könnte ihr auch diese Stille nichts anhaben. Ursula betrachtete sie lange. Doch sie stieg heute nicht zu ihr auf eines der Pferde. Ursula deckte ihre Mutter zu, dann trat sie vorsichtig über die auf dem Teppich liegenden Geschenke und schloss leise die Tür hinter sich – und ihrer Mutter.

*

Lachend stand der Junge in der Hotelküche, umringt von ein paar Männern in Kochschürzen und mit Kochmützen. Sie machten Quatsch mit dem Jungen und hoben ihn hoch, als wollten sie ihn auf den Herd setzen. Er wehrte sich und lachte. Immer, wenn die Tür für einen kurzen Moment aufflog, sah Ursula den Jungen. Sie konnte den Blick nicht von der Tür abwenden, voller Hoffnung, dass sie wieder aufginge oder dass er sogar herauskäme. Gleichzeitig fürchtete sie sich davor. Was sollte sie sagen, wenn er sie hier sah? Was würde er sagen, wenn er sie hier sah? Würde er etwas sagen? Sie war ein Mädchen, das ihm aus einer Suite in die Küche im Untergeschoss nachlief.

Im Kaisersaal hatte sie zunächst nur seinen Vater entdeckt, der dort auch am Heiligabend nicht abkömmlich war. Ursula hatte außerdem im Palmengarten nach dem Jungen gesucht, im Marmorsaal, in der American Bar. Einen

Moment lang war sie verwundert darüber gewesen, wie viele Menschen den 24. Dezember nicht zu Hause verbrachten, sondern in einem Hotel, in einer Bar oder einem Restaurant. Dass es so viele taten, verlieh Ursulas Hiersein an diesem Tag etwas Normalität.

Immer wieder hatte sie in der Empfangshalle nach dem Jungen Ausschau gehalten, vergeblich. Bis sie es gewagt hatte, in den nichtöffentlichen Räumen nach dem Jungen zu suchen. Sie sei zufällig vorbeigekommen, würde sie ihm sagen, wenn er sie fragte, wenn ...

Die Tür zur Küche flog wieder auf. Ein Küchenjunge eilte, ohne von Ursula Notiz zu nehmen, mit einer großen Schüssel heraus. Sie konnte sehen, wie die Männer mit Karl scherzten, während sie die Töpfe und Pfannen putzten, bevor sie sie über die Herd- und Grillablage hängten. Oben im Saal wurde längst nicht mehr gegessen, sondern getrunken. Sie konnte sehen, wie einer dem Jungen ein kleines eingewickeltes Päckchen gab. Ein anderer überreichte ihm einen kleinen Kuchen, so groß wie eine Faust. Ein weiterer hatte ihm ein Lebkuchenmännchen gebacken. Der Junge in der blauen Uniform freute sich über die Kleinigkeiten, zu deren Bescherung man ihn auf einen umgedrehten Eimer gesetzt hatte. Ursula fragte sich, was ihm sein Vater wohl schenken würde, später, wenn sie in ihrem Zuhause wären. Gleichgültig, was es sein würde, der Junge würde sich darüber freuen, ahnte Ursula. Sie wich zurück, als der Vater des Jungen an ihr vorbei in die Küche eilte. Er lächelte sie an. Dann freute er sich mit seinem Sohn über dessen Geschenke. Er nahm den Kuchen in die Hand und ließ ihn verschwinden. Ursula konnte dies beobachten, weil der Mann vorher die Tür ein

Stück öffnete und eine Kiste dagegenstellte, so als sollte Ursula zusehen können. Der Vater ließ den Kuchen verschwinden und holte dafür Geld hinter seinem Rücken hervor. Der Junge war begeistert. Heiligabend war offenbar ein guter Tag für Trinkgeld. Der Kellner wollte wieder hinauseilen, doch die Köche baten ihn um noch einen Zaubertrick und um noch einen. Der Mann zauberte. Er erntete das Staunen und das Lachen seiner Kollegen und seines Sohnes dafür. Dann eilte er wieder hinaus, nachdem er seinem Sohn übers Haar gestrichen hatte. Im Vorbeigehen legte er Ursula kurz, ganz kurz nur, seine Hand auf den Oberarm, bevor er die Treppe hinauf jeweils zwei Stufen nahm. Ursula sah ihm nach. Danach wieder zu dem Jungen. Dieser hatte die Szene zwischen seinem Vater und ihr beobachtet. Ursula blieb hier, bei ihm.

»Und, wie heißt du?«, fragte er, als er endlich zu ihr vor die Tür gekommen war.

Ursula wich seinem Blick aus, als sie ihm antwortete.

»Und du?«, fragte sie, obwohl sie seinen Namen längst kannte.

»Danke, dass du mich gestern gerettet hast«, sagte sie leise.

Karl winkte ab.

Ursula wusste, dass sie jetzt weggehen müsste. Es schickte sich nicht, hier mit einem Jungen zu stehen. Sie müsste sich verabschieden.

»Wenn du willst, zeige ich dir noch ein bisschen das Hotel«, schlug Karl vor.

»Ich kenne das Hotel doch, ich bin doch nicht zum ersten Mal hier!«

»Nein, ich meine, ich zeige dir, was du nicht kennst, wohin solche wie du hier nicht kommen.«

»Solche wie ich?«

»Gäste eben.«

Ursula zögerte.

»Musst du nicht nach Hause, mit deinem Vater? Es ist doch Heiligabend ...«

»Mein Vater hat hier bestimmt noch bis nach Mitternacht zu tun. Und du, musst du nicht zu deiner Mutter?«

Ursula sah Karl in die Augen.

»Du kannst mir dein Adlon zeigen.«

Karl lachte auf.

»*Mein* Adlon ...«

In dieser Nacht wurde es zu ihrem Adlon. Karl führte Ursula in den Weinkeller, in dem hunderttausend Flaschen Wein lagerten, in den Weinversandraum, in die Personalbibliothek, in den Maschinenraum, ins Personalzimmer. Wenn sie keiner sah, rannten sie durch die Flure und Gänge, als liefen sie um ihr Leben. Sie lachten, wenn sie wieder vor einer Tür standen, die in ein Reich führte, das für Ursula ohne Karl niemals zugänglich gewesen wäre. Überall war Karl willkommen. Die Menschen, die hier arbeiteten, übertrugen die Sympathie, die sie dem Jungen entgegenbrachten, auch auf das Mädchen an seiner Seite. Als »kleines Fräulein« wurde Ursula bezeichnet und ebenso wie Karl mit Scherzen bedacht. Es gefiel ihr an seiner Seite. Und es gefiel ihr, dass er nicht einmal erwähnte, wer sie war, wessen Tochter sie war. Die Menschen, die hier in den Kellern, Böden oder im Hof arbeiteten, bekamen die Gäste kaum oder gar nicht zu Gesicht. Für sie war Ursula irgendein Mädchen und nicht die Tochter einer berühmten Sängerin.

»Ist das deine Freundin?«, fragte ein Mann, der Weinflaschen aus Kisten auspackte. Ursula hoffte, dass Karl nicht ja sagen würde - und auch nicht nein. Karl sah sie an und dann den Mann, der die Frage gestellt hatte. Dann wieder Ursula. Sie liefen aus dem Keller davon, lachend, ohne sich noch einmal umzudrehen.

Im obersten Stockwerk setzten sie sich auf die Treppe. Karl nahm seine Mütze ab und wischte sich über die Stirn. Die schwarzen Locken waren akkurat geschnitten. Später erzählte er Ursula, dass er regelmäßig einen Haarschnitt im hauseigenen Frisiersalon spendiert bekam.

Plötzlich waren Stimmen zu hören. Ein Paar kam die Treppen herauf. Die Frau kicherte, während der Mann anzüglich war. Karl und Ursula rutschten leise Stufe für Stufe auf der Treppe höher, doch das Paar wollte offenbar in dieses obere Stockwerk. Der Mann und die Frau waren so miteinander beschäftigt, dass sie Karl und Ursula noch nicht bemerkten. Der Mann hatte eine Hand fest am Hintern der Frau, sein Gesicht dicht an deren Dekolleté. Die Frau kicherte.

Karl und Ursula verkrochen sich unter einem der Tische, die zur Zierde an der Wand standen und mit bis zum Boden reichenden Tischdecken bedeckt waren. Um nicht darunter hervorzuschauen, mussten sie sehr dicht beieinandersitzen, was ihnen nur gelang, wenn sie sich dabei festhielten. Ursula spürte Karls Körper. Es war ihr nicht unangenehm. Sie begann zu zittern. Ein paar ihrer langen blonden Haare hatten sich gelöst und lagen auf Karls Schulter. Er sah sie an und strich mit der Hand darüber.

Direkt vor dem Tisch begann das erwachsene Paar sich zu küssen. Unendlich lange, wie es dem Mädchen und dem Jungen unter dem Tisch schien. Sie hielten sich fest und sahen sich nicht an. Bis das Paar endlich die Tür zu einem Zimmer aufschloss. Ein paar Versuche brauchte der Mann, um die Tür zu öffnen. Zu betrunken war er, glaubte Ursula. Als das Paar endlich im Zimmer verschwunden war, streckte sie erleichtert ihre Füße unter dem Tisch aus, so dass diese hervorlugten. Karl ließ ihre Hand immer noch nicht los. Also blieb Ursula neben ihm. Sie würde ihre Hand nicht aus der seinen lösen, beschloss sie. Und er hielt sie fest.

Bis sie wieder Stimmen hörten. Karl lugte unter der Decke hervor, dabei löste sich Ursulas Haar von seiner blauen Jacke.

Noch war es nicht zu spät, um zu verschwinden, noch waren die Leute ein Stockwerk tiefer. Ursula und Karl eilten unter dem Tisch hervor.

In der Empfangshalle taten sie so, als wären sie nicht gemeinsam gekommen, als kennten sie sich nicht.

Ursula wurde von der Dame am Empfang herbeigewunken. Ihre Mutter habe schon mehrmals nach ihr gefragt. Man riet ihr, schnell aufs Zimmer zu gehen. Als Ursula an Karl vorbeiging, zog sie die Schultern hoch. Karl lächelte. Ursula glaubte, dass sie, kurz nachdem sie sich bei ihrer Mutter gezeigt hatte, wieder hinunter zu ihm gehen könnte. Karl glaubte, dass Ursula gleich wiederkäme.

Ursula betrat die Suite. Ihre Mutter lag am Boden. Volltrunken lallte sie, dass Ursula daran schuld sei, weil sie einfach verschwunden wäre. Am Heiligabend einfach zu verschwinden, ihre arme Mutter in Angst und Schrecken zu versetzen, so sehr, dass sie etwas trinken musste, um es auszuhalten, so allein, klagte die Mutter.

Ursula versuchte sie zu beruhigen und aufs Bett zu hieven. Maria Wegner half dabei nicht mit. Ursula solle nie wieder ihre arme Mutter allein lassen. Ursula versprach es. Sie hoffte, dass die Mutter bald wieder einschliefe, damit sie wieder hinauskönnte aus der Suite, zu Karl. Wie lange würde er auf sie warten? Die Mutter war hellwach. Ursula solle sie jetzt nicht allein lassen, das könne sie nicht ertragen. Ursula blieb.

*

Karl wartete. Er hoffte, dass sein Vater noch viel zu tun hatte und er mit ihm sobald noch nicht nach Hause könnte. Doch bis die Kellner Feierabend machten, kehrte das Mädchen nicht zurück. Also würde Karl es erst wieder sehen, wenn er morgen ins Adlon käme.

Sein Vater überraschte ihn zu Hause in der Grunerstraße mit einem Tannenbaum. Seit Mutters Tod hatten sie nie wieder einen gehabt, sondern immer nur ein paar Zweige mit ein paar Weihnachtskugeln behängt. Schultzes hatten den Baum heimlich in der Stube aufgestellt und geschmückt, als Karl und sein Vater bei der Arbeit waren.

Karls Vater holte zwei Päckchen vom Küchenschrank. Karl packte aus – eine Hose und ein Zauberkasten.

»Freust du dich?«, fragte der Vater und konnte es kaum erwarten, die im Zauberkasten enthaltenen Utensilien selbst auszuprobieren.

Karl legte die Geschenke, die er von den Kollegen im Adlon bekommen hatte, unter den Baum. Er dachte die ganze

Zeit an das Mädchen. Hoffentlich bemerkte das sein Vater nicht. Dieser hatte sich so viel Mühe gegeben, sogar einen Baum hatten sie in diesem Jahr in der Stube. Vielleicht war Ursula doch noch heruntergekommen, gerade dann, als er mit seinem Vater nach Hause gehen musste, überlegte Karl.

Der Vater zauberte zwei Stücke Pfefferminzbruch aus seinem Ärmel und rief: »Überraschung!«

Karl biss in die dicke, rosa-weiße Süßigkeit, ließ sie im Mund zergehen und sah seinen Vater gespannt an. Noch eine Überraschung?

»Wir haben drei Tage frei!«, lachte der Vater. »Ich habe mit Friedrich getauscht. Wir zwei haben drei Tage frei, weil Weihnachten ist. Wir werden morgen zu Tante Elsbeth fahren. Sie wird sich freuen, weil doch Weihnachten ist ... Freust du dich denn gar nicht?«

»Doch.«

»Du wolltest doch schon lange mal wieder zu Elsbeth! Mit den Tieren auf dem Hof spielen. Und bestimmt packt sie uns wieder ein paar Eier ein. Und einen Schinken, weil doch Weihnachten ist. Freust du dich denn gar nicht? Ich dachte, du würdest dich freuen.«

»Doch, ich freue mich«, beteuerte Karl und dachte: Drei Tage! Das Mädchen wird sich fragen, wo ich so lange bleibe.

»Das Ziel der Liebe ist zu lieben:
nicht mehr und nicht weniger.«

Oscar Wilde

24. Dezember

Das »Weihnachtsmenu Le Menu Dégustation« umfasste sieben Gänge. Als Hauptgang ein medium gebratenes Filet vom Wagyubeef, zweierlei Soßen und sautierte Steinpilze. Das Restaurant Charré war bis auf den letzten Platz besetzt. Ursula und Karl saßen an einem Tisch mit Blick nach draußen. Der Sommelier empfahl einen zum Menü passenden Wein. Ursula und Karl speisten langsam, als könnten sie so verhindern, dass dieser Abend zu Ende ginge.

Ein Page hatte ihnen am späten Nachmittag nochmals Zimtsterne und Walnusskipferl auf die Suite gebracht, als Karl immer noch zeichnete und Ursula ihn ermahnte, dass er sich bald für den Heiligabend schönmachen müsste. Karl war an seinen Zeichnungen sitzen geblieben. »Nur noch die eine Skizze!«, hatte er gesagt und eine weitere angefangen.

Ursula war dann plötzlich mit dem Kopf nach vorn auf den Tisch gefallen. Starr lag sie da.

Karl lachte.

»Was soll das! Wir haben jetzt keine Zeit für Spiele!«

Ursula blieb liegen.

Karl erhob sich. Er berührte ihre Schulter.

»Ursula!«

Karl nahm vorsichtig ihren Kopf in die Hände, um in ihr Gesicht sehen zu können.

Ursula blieb starr.

Karl kitzelte sie.

Ursula regte sich nicht.

»Also gut, du hast gewonnen«, sagte Karl und ging zum Bett, auf das ihm Ursula seine Sachen für den Abend gelegt hatte.

Ursula erwachte und lachte.

Karl entschied sich beim Dessert für exquisiten Käse vom Wagen. Ursula fragte den Kellner, ob sie ausnahmsweise Schokoladeneis bekommen dürfe.

»Selbstverständlich, gnädige Frau!«

Draußen auf der Straße sah sie den Pagen entlanggehen, der ihnen am Nachmittag das Gebäck aufs Zimmer gebracht hatte. Er hatte offenbar frei und konnte noch rechtzeitig zu seinem Vater oder seiner Mutter nach Hause gelangen, er würde nicht die Heilige Nacht mit einem fremden Mädchen, das er danach vielleicht nie wieder sah, im Hotel verbringen.

Ursula hatte sich damals gefragt, wo Karl blieb, weshalb er nicht kam. Wollte er sie vielleicht nicht wiedersehen? Ursula hatte keine Antworten gehabt. Sie suchte nach Karl. Sie entdeckte dessen Vater nicht. Wie sollte sie sich nach ihm und seinem Sohn erkundigen? Bei wem?

Am Abend des zweiten Weihnachtstages reisten Ursula und ihre Mutter nach München ab, dort hatte die Mutter ein Engagement zum Jahreswechsel.

Beim Verlassen des Adlon sah sich Ursula mehrmals um, vergeblich. Die Mutter stieg bereits in den Wagen, dessen Tür man ihr aufhielt. Ursula stolperte über den roten Teppich zum Auto. Zur nächsten Stadt, zum nächsten Hotel.

»Nun komm endlich!«, rief die Mutter.

Ursula stieg ein. Der Portier klappte die Tür zu. Das Auto fuhr ab. Ursula drehte sich um und sah zum Adlon, solange es möglich war.

In der darauf folgenden Zeit fragte sie sich, weshalb Karl und sie nicht mehr miteinander geredet hatten. Hatten sie sich überhaupt etwas über sich erzählt?

Es hatte zwischen ihnen nie vieler Worte bedurft, auch als sie längst keine Kinder mehr waren, weiß Ursula heute.

Der Kellner servierte drei Kugeln Schokoladeneis. Ursula nahm mit dem Löffel davon und ließ ein Stück gefrorener Schokolade im Mund zergehen.

*

Zwischen den Jahren 1944 und 1945, kurz vor Silvester, war Ursula erneut im Adlon eingekehrt. Gemeinsam mit ihrer Mutter – und ihrem Verlobten.

Ein Portier hatte ihnen die Türen des Taxis, in dem sie vorgefahren waren, geöffnet. Es war schwer gewesen, ein Taxi zu bekommen, denn inzwischen waren sogenannte »Verkehrsstufen« eingeführt worden. Farbige Karten wurden ausgegeben, deren Benutzungserlaubnis im Rundfunk verkündet wurde. Hauptverkehrsmittel war in diesem Kriegsjahr die U-Bahn geworden. Ursulas Verlobter Edgar hatte sich jedoch geweigert, sich vom Bahnhof aus in einer U-Bahn ins Adlon zu begeben. Das entspräche ihm, seiner Verlobten und seiner zukünftigen Schwiegermutter nicht, das habe keinen Stil. Als es ihm tatsächlich glückte, ein Taxi zu organisieren, hatte ihn Ursulas Mutter mit Komplimenten überhäuft.

Manchmal bekam Ursula den Eindruck, dass Maria Wegner viel mehr in Edgar verliebt war als sie selbst. Doch sie wollte nicht ungerecht sein. Edgar gefiel ihr. Er war längst nicht so alt wie die anderen Männer, mit denen ihre Mutter versucht hatte, sie zu verkuppeln, er sah gut aus und hatte Ursula umworben, wie es vor ihm kein Mann getan hatte. Und Edgar würde nicht, wie die meisten Männer, in den Krieg eingezogen werden, denn er stellte in seiner kleinen Fabrik nahe Potsdam kriegswichtige Artikel her.

Edgar hatte bereits ein Haus in der Nähe Potsdams gekauft – für sich und seine zukünftige Frau. Maria Wegner freute sich für das junge Paar. Und erkrankte. Bis Ursula und Edgar begriffen, dass sie sie nicht allein lassen sollten, dass Ursulas Mutter mit in das Haus einziehen wollte. Edgar war es, der das Angebot machte, bevor Ursula ihn darum bitten musste. Maria Wegner lebte augenblicklich auf. Wenn die beiden es unbedingt wollten, dann würde sie nicht nein sagen, meinte sie.

Meine Mutter ist nicht nur eine Sängerin, sie ist auch eine Schauspielerin, begriff Ursula endlich.

Wenige Wochen zuvor war Maria Wegner auch schon einmal »krank« geworden. Im Herbst 1944 waren fast alle Theater und die meisten Vergnügungsstätten in Berlin geschlossen worden. Männliche Künstler wurden an die Front eingezogen, Schauspielerinnen und Sängerinnen »kriegswichtigen« Tätigkeiten zugeführt: Sie kamen zum Beispiel in Munitionsfabriken, um bei der Herstellung von Granaten zu helfen. Maria Wegner, die zu dieser Zeit an mehreren Häusern in Berlin hatte singen sollen, glaubte, auch sie würde es treffen. Sie wurde krank. Als sie begriff, dass sie als nicht fest engagierte und vor allem zu alte Künstlerin nicht betroffen war, wurde sie wieder gesund. Außerdem hatte ihr

Edgar damals zugesichert, sie pro forma in seiner Fabrik einzustellen. So hatte er es auch mit Ursula getan.

Es war keine Zeit für Kunst, für Auftritte von Künstlern. Deutschland befand sich im totalen Krieg. Deutschland war nicht mehr nur das Land, das andere angriff, sondern eines, gegen das man sich zur Wehr setzte. Der Krieg war jetzt auch in Berlin angekommen. Doch zwischen Weihnachten und Neujahr sehnten sich die Menschen so sehr nach Normalität, dass ein paar wenige so taten, als wäre Frieden. Sie feierten. Und sie engagierten dafür die wenigen Künstler, die zur Verfügung standen.

Maria Wegner war zum Jahreswechsel 1944/1945 für zwei große private Feste am Stadtrand Berlins eingeladen worden. Sie hatte gut verhandelt und zuzüglich zum Honorar für sich und »ihre Kinder« Übernachtungen im Adlon ermöglicht.

Sie sang damals für jeden, der auf ihre Bedingungen einging, gleichgültig, welcher Profession er nachging oder welche Uniform er trug. Doch nun, beim Aussteigen aus dem Taxi, jammerte sie, dass die schönen, alten Linden vor »ihrem« Adlon abgeholzt seien, um den übermächtigen Fahnenstangen Platz zu schaffen, und dass sie hoffe, dass Hitler nicht wieder eine seiner Reden auf dem Balkon des Adlon halten würde. Das hätte sie schon mal erlebt, das sei unerträglich, weil dann im Hotel alle in Aufruhr seien, es überall von Geheimer Staatspolizei wimmele. Ihre Suite sei sogar mal deshalb durchsucht worden.

Erschrocken darüber, wie laut Maria Wegner dies erzählte, sah Edgar Ursula an, dann den Portier. Der tat so, als hätte er nichts gehört.

Ursula umfasste fest den Oberarm ihrer Mutter und sagte: »Nicht!«, als Maria Wegner fortfahren wollte. Dass Hitler hier schon länger keine Rede mehr gehalten hatte und wohl auch keine mehr halten würde, sagte Ursula wegen des sehr wohl aufmerksamen Portiers lieber nicht.

Jetzt erst bemerkten die drei, dass das Hotel mit einer Schutzmauer versehen worden war. Die Mauer reichte vom Boden bis zum Balkon der ersten Etage. Maria Wegner stieß einen kurzen Schrei des Entsetzens aus, danach schlug sie sich die Hand vor den Mund. Ursula sah sich um. Aus einem zerbombten Wohnhaus wehte aus einem Loch, das einmal ein Fenster gewesen war, eine verkohlte Gardine. Auf der Fahrt hierher hatte sie gesehen, dass das Hotel Kaiserhof abgebrannt war, das Habel und das Bristol ebenso. Sie hatte es bereits gewusst, aber nun hatte sie es gesehen und fragte sich, wie sie und Edgar hatten zustimmen können, in diesen Tagen nach Berlin zu fahren, in die Stadt, auf die beinahe jede Nacht Bombenangriffe geflogen wurden.

In der Empfangshalle war es augenblicklich so, als hätten sie diese Welt da draußen hinter sich gelassen. Die dicken Teppiche gaben unter ihren Schuhen nach. Die Wärme, die Chippendale-Verkleidungen und das Personal, das sehr zuvorkommend war, ließ alles so erscheinen wie in den Jahren zuvor. Dass durch die Schutzmauer kein Licht mehr in die Empfangshalle fiel, versetzte die Gäste allerdings zu jeder Tageszeit in abendliche Stimmung.

Der Fahrstuhl funktionierte nicht. Pagen trugen das Gepäck die Treppen hinauf. Ursula fasste das Geländer an und strich behutsam darüber, bis sie in ihrer Etage angelangt war. Viele Menschen eilten auf und ab, das Hotel schien ausgebucht zu sein. Gäste für eine Nacht, Gäste, die wie Ursula, Edgar und Maria Wegner zum Jahreswechsel so tun wollten, als wäre Frieden, und welche, die es sich leisten konnten, für längere Zeit ins Adlon zu ziehen, nachdem ihre Wohnungen ausgebrannt waren. Auch die Gäste, die sonst im Kaiserhof oder einem der anderen gehobenen Hotels, die inzwischen abgebrannt waren, eingekehrt wären, ließen sich nun im »Wohnzimmer Deutschlands«, wie das Adlon gern genannt wurde, nieder.

Die Zimmer, die Maria Wegner und »ihre Kinder« bezogen, wirkten etwas karger als in den Jahren zuvor. Doch sogar Maria Wegner störte sich nicht lange daran, denn ihr war bewusst, dass sie sich in diesem Haus für ein paar Tage auf einer Insel des Luxus befand. Fließend warmes Wasser und ein Telefon auf dem Zimmer – in einer Stadt, über der jede Nacht Bomben abgeworfen wurden. Es glich einem Wunder, dass das Adlon noch nicht getroffen worden war. Es glich einem Wunder, dass es in diesem Hause gelang, so zu tun, als würde das gesellschaftliche Leben in Berlin seinen ganz normalen Lauf nehmen. Ober im Frack und weißen Handschuhen bedienten ausgelassen wirkende Gäste, die unter anderem das Auswärtige Amt hier versammelte: Außenminister und Diplomaten.

An kleinen runden Tischen wurde Essen serviert. Die Kellner trugen kleine Scheren mit sich herum, die der Hotelchef an sie verteilt hatte, zum Abschneiden der Lebensmittelkarten. Doch im Adlon kochte man auch noch markenfrei, und sei es das regelmäßige Eintopfessen, das Hitler angeordnet hatte. Dem Stil des Hauses gemäß verfeinerten die Köche den Eintopf mit Fleisch vom Fasan.

Immer schon waren in diesem Haus die Prominenten ein und aus gegangen, doch nun wirkte es so, als lebten sie hier. Kaum einem kam mehr Aufmerksamkeit zugute, als ihm gebührte. Es war keine Zeit für Eitelkeiten, keine Zeit für große Auftritte. Es war eine Zeit, in der man zwischen Angst und Erschöpfung Genuss suchte.

Am Nebentisch saßen drei Offiziere in Uniformen der Luftwaffe gekleidet, einer von ihnen trug das Ritterkreuz. Sie erzählten sich, dass sie in der nächsten Nacht wieder zum Dienst müssten. Ihr Dienst bedeutete, als Flugzeugpiloten zu versuchen, angreifende Bombengeschwader abzuwehren. Sie redeten über Erlebnisse, die sie bei solchen Flügen gehabt hatten. Die Erzählungen waren von befremdlich wirkenden Abkürzungen durchzogen. Ursula beobachtete, dass Edgar heimlich zuhörte. Sie war froh, dass ihr Verlobter in kein Flugzeug steigen musste, gleichzeitig kam es ihr unwirklich vor. Maria Wegner sprach dem Wein zu, der im Adlon nicht knapp zu werden schien, und redete beinahe unentwegt. Wie gern würde sie nach dem Essen hinausgehen, behauptete sie, einfach mal Unter den Linden auf und ab spazieren, so wie früher, aber das sei ja nicht mehr möglich. Alles kaputt, alles in Schutt und Asche, eine Schande sei das. Wie habe sie diese Straße geliebt. Ursula konnte sich nicht erinnern, dass ihre Mutter häufig Unter den Linden spazieren gegangen war. Wenn sie sich in den folgenden Tagen vormachen wollten, in Sicherheit zu sein, dürften sie die Insel Adlon nicht verlassen und nur zwischen Zimmern, Restaurant oder Bar pendeln. Die Auftritte der Mutter würden tagsüber in großen Privathäusern am Rande der Stadt sein und zu einer Uhrzeit, bevor die Angriffe auf Berlin einsetzten.

Es war noch früher Abend, zu früh, um schlafen zu gehen, befand Maria Wegner und lud ihre Kinder in die Bar ein – etwas, das Edgar keinesfalls annehmen wollte. Maria Wegner bestellte Cognac für ihn und für sich und für Ursula Likör. Sie ließ sich von Edgar eine Zigarette anbieten und Feuer geben, kicherte aufgekratzt und flirtete ein wenig mit dem Barkeeper, der sie offenbar erkannt hatte. Ursula wusste, wie der Abend enden würde: Mutter ins Bett helfen, sie auskleiden, beruhigen …

»Mutter«, flüsterte sie, »trink bitte nicht so viel. Wenn es heute Nacht Fliegeralarm gibt, dann musst du nüchtern sein, dann müssen wir in den Bunker!«

»Ich gehe in keinen Bunker!«, entgegnete Maria Wegner und bestellte noch eine Runde Schnäpse. Edgar zündete sich eine weitere Zigarette an. Ursula fiel auf, dass er heute mehr rauchte als sonst.

Maria Wegner musste sich schließlich bei »ihren Kindern« unterhaken, als sie hinauf in ihre nebeneinanderliegenden Zimmer gingen. Wie selbstverständlich begab sich Ursula mit ins Zimmer ihrer Mutter und war dieser beim Zubettgehen behilflich. Schuhe ausziehen, das Kostüm, für die Strümpfe und die Unterwäsche reichte Ursulas Kraft nicht mehr. Sie legte die Oberbekleidung wie auch den Wintermantel fein säuberlich über einen Stuhl neben dem Bett, damit die Mutter sie sofort parat hatte, falls es in der Nacht Alarm geben würde.

»Ich kann das alles auch ohne dich«, lallte Maria Wegner. Ursula gab ihr recht. Die Mutter schloss die Augen und begann durch den offenen Mund zu schnarchen. Wenigstens brauchte Ursula sich keine Sorgen darüber zu machen, dass

Maria Wegner am nächsten Tag wegen eines Katers nicht singen könnte. Maria Wegner gehörte zu den Menschen, die volltrunken ins Bett gingen und morgens aufstanden, als hätten sie am Vorabend keinen Tropfen Alkohol angerührt. Bewundernswert fand Ursula das. Sie selbst hatte sich die paar Male, bei denen sie zu viel getrunken hatte, am gesamten nächsten Tag schlecht gefühlt, sich sogar übergeben müssen. Maria Wegner hatte sich noch nie übergeben müssen.

Ursula trat ans Fenster und zog den Vorhang beiseite. Die grünen Pferde auf dem Brandenburger Tor. Die Frau. Das Vierergespann und die Siegesgöttin »Victoria«. Ansonsten schien auf dem Pariser Platz nichts mehr, wie es mal war. Ursula stand lange so da und war nicht sicher, weshalb sie sich wegwünschte. Sie fixierte die Frau, die die Pferde antrieb. Weg von hier.

Als es an der Tür klopfte, schreckte Ursula auf. Sie wich zur Seite und stellte sich hinter einen der schweren Vorhänge. Es klopfte wieder. Edgar kam leise ins Zimmer. Ursula musste lachen, weil ihre Schuhspitzen unter dem Vorhang hervorschauten. In diesem Moment fiel er ihr ein, der Junge im Adlon, der sie damals hinter dem Vorhang hervorgerettet hatte. Sie wäre gern noch ein wenig stehen geblieben und hätte an ihn gedacht, doch Edgar riss den Vorhang zur Seite.

»Was soll das? Ich mache mir Sorgen um dich, und du ...«

Ursula kam hervor, richtete die Gardinen, während Edgar ihr flüsternd noch einige Vorwürfe machte, bis er begann, sich dafür zu entschuldigen. Ursula sah noch einmal zur Quadriga auf dem Brandenburger Tor. Dann gab sie einer kurzen Umarmung Edgars nach und schickte ihn zurück in sein Zimmer.

*

In Ursulas Traum mischten sich Gongschläge. Sie erwachte.

Mit einem Gong informierte man im Adlon Gäste und Personal über einen nahenden Fliegerangriff, denn das Geräusch der Sirenen drang von draußen kaum noch durch das Gemäuer des Hotels.

Eilig versuchte Ursula, ihre Mutter zu wecken. Sie vernahm, dass auf dem Flur vor ihrem Zimmer schon die ersten Menschen in Richtung Bunker eilten. Ursula lief hinüber in Edgars Zimmer, dieser sprang auf und zog sich seine bereitgelegten Sachen über. Er ermahnte Ursula, sich ebenfalls zu beeilen.

»Ich bekomme Mutter nicht wach!«, rief Ursula und lief zurück in ihr Zimmer. Auf dem Weg dorthin kamen ihr verschlafene, aufgeregte, zum Teil verwirrt wirkende Menschen entgegen, Taschen und Koffer fest an sich gedrückt. Manche Dame hielt ihren Pelzmantel fest im Arm. Auch Angestellte des Hotels liefen in Richtung Bunker, manche klopften an noch verschlossene Zimmertüren.

Maria Wegner schlief fest. Als Ursula sie rüttelte, kam sie kurz zu sich und verlangte, sie schlafen zu lassen. Ursula sah sich hilfesuchend zur Tür um. Edgar kam mit Tasche und Mantel herein und griff nach Ursulas Tasche. Ursula flehte nochmals ihre Mutter an, sie solle aufstehen, es sei Fliegeralarm, sie müssten sofort in den Bunker.

»Ich gehe in keinen Bunker!«, sagte die Mutter und machte sich steif.

»Nun hilf mir doch, bitte!«, rief Ursula Edgar zu, doch in der Tür stand plötzlich ein anderer Mann.

Er kam ins Zimmer, begab sich ans Bett und begann Ursula dabei zu helfen, die Mutter aufzurichten. Ursula berührte es einen Moment lang peinlich, dass dieser Fremde Maria Wegner in Unterwäsche sah und auch deren verrutschten Busen und die Frisur, die keine mehr war.

Sie sah den Mann an, dessen Blick sie auf ihrem Gesicht spürte.

Sie wich zurück. Es war der Junge, den sie vor Jahren in diesem Hotel zurückgelassen hatte. Ursula ließ ihre Mutter los und trat noch einen Schritt zurück. Maria Wegner fiel augenblicklich nach hinten. Ursula griff wieder zu. Karl lächelte. »So sieht man sich wieder.«

Maria Wegner lag zwischen ihnen, schimpfte auf sie ein und schlug nach ihren Händen. Einige Male berührten sich Karl und Ursula, als sie versuchten, ihr das Kostüm anzuziehen. Sie mussten lachen, als wäre es ihnen egal, wann sie aus diesem Zimmer herauskämen. Sie stellten Maria Wegner mit einem Ruck auf, hielten sie zwischen sich, indem sie sie jeder von einer Seite umfassten. Dabei berührten sich ihre Arme, und Karl und Ursula fühlten, was sie damals so nah in ihrem Versteck unter dem Tisch gefühlt hatten.

Edgar erschien in der Tür und rief Ursula zu, wo sie denn bleibe. Er hatte ein paar weitere Habseligkeiten in seinem Zimmer zusammengerafft und griff nun nach der Tasche seiner zukünftigen Schwiegermutter. Karl sah den Mann an. Ursula wünschte sich, Edgar wäre nicht noch einmal zurückgekommen.

Sie suchte nach Karls Blick. Sein schwarzes Haar war sehr

kurz geschnitten. Er war höchstens so groß wie sie, vielleicht sogar kleiner. Sein Gesicht war eben. Seine Augen blau und sein Blick ernst, als er den ihren nur kurz, nur sehr kurz erwiderte.

Die Mutter zwischen ihnen jammerte noch mehr, als Ursula und Karl sie zwischen den vielen Menschen die Treppen hinunterhievten. Edgar blieb dicht hinter ihnen und mahnte ständig zur Eile.

Manche Gäste hatten sich nur ihre Mäntel über die Pyjamas oder Nachthemden gezogen. Alle liefen, stolperten, drängelten durch den Friseursalon, durch das Souterrain des Hotels, dann die Betontreppen hinunter in den Bunker. Gänge wie in einem Labyrinth. Wer sich auskannte, wusste, in welches der zellenartigen Zimmer er befugt war zu gehen.

Der Bunker des Adlon gehörte zu den sichersten im ganzen Land. Er war nach Plänen von Albert Speer gebaut worden – direkt vor dem Haus unter der Rasenfläche des Pariser Platzes. Weniger zur Sicherheit der Hotelgäste, sondern mehr zum Schutz der ausländischen Diplomaten und Beamten des Auswärtigen Amtes, die in der nahe gelegenen Wilhelmstraße tätig und eben auch oft zu Gast im Adlon waren, wie viele der übrigen prominentesten Personen Deutschlands. Auch wenn das Adlon von Bomben getroffen würde, gab es in diesem Bunker Chancen zu überleben, denn es gab Fluchtwege, die nicht in Richtung Hotel, sondern hinter dem Brandenburger Tor hinausführten, und außerdem ein Ventilationssystem, das bei Treffern angeblich nicht ausfallen konnte. So drängten alle bis auf Maria Wegner bereitwillig in den Bunker.

Die Diplomaten und alle weiteren, die einen rosa Passierschein besaßen, wurden in Räume hineingelassen, die eine für einen Bunker erstklassige Ausstattung hatten. Auf den Böden lagen Teppiche, es gab bequeme Sessel, Radios, Schreibmaschinen, kleine Eckschränke, Gläser und Porzellan. Der Hoteldirektor ließ servieren, spendierte Weinproben aus dem angrenzenden Weinkeller.

Vor diesen Zellen der oberen Klasse drängelten sich in dieser Nacht auch Menschen, die keinen rosa Passierschein besaßen. Sie wurden in die übrigen Räume, die mit Holzbänken ausgestattet waren, verwiesen. Viele nahmen das hin, manche hatten neben ihren Taschen und Koffern auch Kopfkissen mitgebracht, mit denen sie es sich bequemer machen konnten. Edgar jedoch wollte sich auf keinen Fall damit abfinden, dass er und seine Verlobte sich in einem der Räume »zweiter Klasse« aufhalten müssten. Immerhin sei seine Schwiegermutter Maria Wegner!

»Ohne rosa Passierschein kein Einlass! Bitte machen Sie den Weg frei!«, bekam er zur Antwort.

Ursula und Karl schleppten die Mutter zu einer der Holzbänke. Kaum saßen hier die Menschen dicht beieinander, legte sich die Unruhe, die eben noch auf den Treppen und in den Gängen geherrscht hatte. Es war, als wiche die äußere Panik einer inneren. Man lächelte sich kurz an, wenn man ein Stück für den anderen zur Seite rückte. Es wurde leise geredet, zum Beispiel darüber, dass der Hoteldirektor nach diesem Alarm seinen Telefonisten eine Flasche teuren Weines spendieren würde, denn die Telefonisten hatten in jenen Tagen vielleicht eine der wichtigsten Funktionen im Hotel: Sie erhielten per Telefon die Meldung zum Voralarm. Wenn sie sofort das Personal darüber informierten und dieses den Gongschlag betätigte, konnten sich alle Menschen, die sich gerade im Hotel aufhielten, rechtzeitig in die Bunker retten.

Obwohl Ursula mit der Hand auf den Platz neben sich wies, setzte Edgar sich nicht zu ihr.

Der Bunker wurde von den ersten Erschütterungen erfasst. Leise, dumpf und doch beängstigend laut.

Edgar blieb immer noch stehen.

»Deine Mutter muss doch irgendwo diesen rosa Passierschein haben!«

»Das ist doch jetzt völlig egal!«, flüsterte Ursula.

Maria Wegner streckte den Arm nach ihrer Tasche aus. Edgar reichte ihr diese. Sie kramte darin herum. Wieder ein Bombeneinschlag, offenbar in unmittelbarer Nähe. Die Handtasche fiel hinunter, ein Taschentuch mit Spitze, ein Kamm, Geld, die Zigarettenspitze und Tabletten waren auf dem Betonboden verteilt. Der rosa Passierschein fiel aus einem Adressbuch. Während Ursula ihre fluchende Mutter beruhigte, sammelte Karl die Utensilien ein. Er reichte Edgar den Passierschein.

»Siehst du!«, sagte er zu Ursula und griff Maria Wegner unter den Arm. Maria Wegner schimpfte:

»Wo soll ich denn jetzt schon wieder hin?«

»Erster Klasse, Mutter! Mit Edgar«, sagte Ursula.

»Kommen Sie, gnädige Frau, da gibt's auch was Gutes zu trinken«, fügte Edgar hinzu.

Maria Wegner raffte den Mantel über der Brust zusammen und ging mit.

»Na dann, kommt Kinder!«

Aufrecht schritt sie durch die Kammer auf den Gang zu,

nur einmal knickte sie in ihren hohen Schuhen um. Als der Bunker durch einen Bombeneinschlag erschüttert wurde, klammerte sie sich an Edgar.

»Und du?«, fragte Karl.

Ursula saß vorgebeugt da, die Hände um den Rand der Bank geklammert.

»Und ich?«

Wie lange sie dort so saßen, hätte sie später nicht sagen können.

Aus einem Rundfunkgerät hörten sie den Bericht über das Luftgeschehen über Berlin in dieser Nacht. Schließlich ertönte das Gongzeichen, das Entwarnung hieß und alle ersehnt hatten, die in diesem Bunker unter dem Pariser Platz, ob in der komfortablen oder unkomfortablen Zelle, untergekommen waren. Der Gongschlag war das Signal, in die Zimmer zurückkehren zu können. Ursula blieb sitzen. Karl auch.

Ich müsste aufstehen und gehen, dachte Ursula.

Sie waren längst allein, als sie sich aufrichteten und langsam den Bunker verließen.

Vor dem Friseursalon ergriff Karl Ursulas Handgelenk und zog sie in eine Abseite.

Er strich mit der anderen Hand über einen Holzbalken im Gewölbe. Und dann sah sie es: »Ursula + Karl« stand dort in krakeligen Buchstaben eingeritzt. »24. 12. 1932«.

Ursula erschrak über ihre Lust, Karl zu küssen. Sie hoffte, er ließe ihr Handgelenk nicht los. Sie durfte ihn nicht küssen. Sie war verlobt.

Karl sah auf seine Hand. Sie standen sich so nah, dass sie ihren Atem spürten.

»Wo bleibst du denn?«, rief Edgar vom Gang her in die Abseite hinein.

Ursula fuhr zusammen, sah zu Edgar, dann zu Karl.

»Ich komme schon!«

Karl ließ ihre Hand los und nickte, als wäre er damit einverstanden, dass Ursula ging.

*

Im Zimmer verlangte Edgar Erklärungen von Ursula, weshalb sie ihn mit ihrer Mutter so lange allein gelassen habe. Auch, was sie mit »so einem« zu bereden habe, wollte er wissen. Er habe sich Sorgen gemacht. Der junge Mann habe sie wegen eines anderen Gastes um Hilfe gebeten, der glaubte auf dem Weg zum Bunker etwas verloren zu haben, erklärte Ursula. Wie hätte sie die Bitte um Hilfe abschlagen können, nachdem er es gewesen war, der geholfen hatte, ihre Mutter aus dem Hotelzimmer zu holen, als der Alarm losgegangen war? Es machte Ursula kaum etwas aus zu lügen.

Edgar ließ nach, ihr Vorhaltungen zu machen. Er wurde zärtlich. Ursula wehrte ihn ab. Es sei in dieser Nacht einfach zu viel gewesen, sie sei erschöpft. Wie zum Beweis liefen ihr ein paar Tränen aus den Augen. Edgar nahm sie in den Arm. Ursula sah zur Tür.

Es war gegen zwei Uhr am Morgen, als sie sich im Zimmer ihrer Mutter leise anzog. Über die Befürchtung, dass Karl nicht mehr im Haus sein könnte, siegte die Gewissheit, dass er auf sie wartete. Sie bürstete ihr blondes, langes Haar, hielt inne und betrachtete sich im Spiegel. Das Haar ließ sie offen. Es fiel ihr bis zur Hüfte.

Leise zog sie die Hotelzimmertür hinter sich zu.

Sie lief die Treppen hinab. Die Dame an der Rezeption sah Ursula erstaunt an. Karl war nicht zu sehen. Sie lief alle Treppen hinauf bis zu dem Tisch, unter dem sie vor Jahren eng beieinandergesessen hatten. Zurück durch den Friseursalon zur Abseite, wo Karl ihren und seinen Namen eingeritzt hatte. Karl war nicht dort.

»Kann ich Ihnen behilflich sein?«, rief die Rezeptionistin, als Ursula noch einmal durch die Empfangshalle eilte. Ursula wehrte freundlich ab. Sie lief in den Küchentrakt. Dort sah sie Karl, wie er mit einem älteren Mann redete, der des Nachts die eisernen Gerätschaften putzte. In der Tür zur Küche stand eine Kiste, so, dass Karl von drinnen sehen konnte, wenn Ursula kam, so, dass Ursula ihn finden konnte. Karls Vater hatte es damals ebenso für sie getan.

Karl griff nach einer Flasche Wein und kam aus der Küche auf sie zu, als wäre er sicher gewesen, dass sie komme. Der alte Mann in der Küche lächelte, während er schrubbte.

Karl sagte: »Komm!«

Ursula ging neben ihm her, die Gänge entlang, durch Türen hindurch. Sie sprachen nicht. Sie sahen sich nicht um.

Karl öffnete die Tür zur Waschküche. Geruch von Lauge schlug ihnen entgegen. Der große Raum stand voller Bottiche, Geräten mit Räder- und Riemenmechanik zum Spülen und Wringen, ein paar Kocher. Karl drehte eine Schüssel und zwei Eimer um, sie sollten ihnen als Tisch und Stühle dienen. Überall Wäsche, saubere, verschmutzte. Karl nahm ein sauberes Tuch und legte es über die Schüssel, bevor er die Flasche darauf abstellte. Aus seiner Jacke zauberte er zwei Gläser: »Voilà!«

Ursula fragte lachend: »Und dein Vater? Zaubert er noch?«

»Manchmal.«

»Arbeitet er noch hier?«

»Ja, ihn haben sie nicht mehr geholt. Er ist zu alt.«

»Und du?«

»Ich muss morgen wieder los.«

Ursula hätte ihn fragen müssen, wohin und seit wann. Doch sie fragte nicht. Nicht in dieser Nacht, beschloss sie.

Karl zog seine Taschenuhr hervor.

»In vier Stunden muss ich wieder los.«

Vier Stunden, dachte Ursula, vier Stunden.

Karl goss ein.

Sie stießen die Gläser aneinander und tranken sie in einem Zug leer. Ein schwerer, süßer, roter Wein, eine Spätlese, die man eigentlich wie einen Likör trinkt. Sie lachten, tranken, und Karl goss sofort nach. Ursula spürte, dass ihr vom Wein augenblicklich die Arme bleiern wurden, trotzdem fühlte sie sich leichter als in den Stunden, den Tagen, den Jahren zuvor.

»Und hierher wird heute Nacht niemand mehr kommen?«

Karl verneinte.

Ursula sah sich amüsiert um.

»Romantisch!«

»Vielleicht besser als wieder unter einen Tisch zu kriechen«, sagte Karl.

Ursula trank noch einen Schluck. Vier Stunden.

Sie sprachen kaum. Was sollten sie sich auch erzählen, ihr Leben, die letzten zwölf Jahre wie in einem Bericht zusammengefasst wiedergeben?

Ursula stand auf, streifte durch den Raum an den Wringgeräten und Mangeln entlang. Karl goss noch einmal ein.

»Für mich auch!«, rief Ursula und schlug sich auf den Mund, weil sie so laut gewesen war.

Von draußen waren Schritte zu hören. Karl griff die Gläser und zog Ursula mit sich in eine Nische hinter einer Reihe Spinde. Jemand drehte das Oberlicht an, rief »Hallo!« und kam ein paar Meter in die Waschküche hinein.

Ursula und Karl hielten den Atem an. Der Mann rief noch einmal »Hallo!« und schaltete dann beim Hinausgehen das Licht aus, auch das kleine Arbeitslicht über der Mangel, das Karl für sich und Ursula angemacht hatte. Sie wichen keinen Zentimeter aus ihrer Nische.

Durch die Kellerfenster fiel fahles Licht, das das Morgengrauen ankündigte. Wir sind gleich groß, dachte Ursula. Sie zog die Schuhe aus. Jetzt war er größer als sie.

Als er ihr Handgelenk umfasste, schloss sie die Augen. Karl küsste sie.

Sie küssten sich. So lange, bis er sagte, dass er jetzt gehen müsse.

»Nein!«, flüsterte Ursula.

Karl ließ sie los.

»Es tut mir leid!«

»Sehen wir uns wieder?«

Karl hob die Schultern.

Ursula bat ihn um seine Adresse.

»Grunerstraße 10«, antwortete Karl zögernd. »Aber ich denke, du bist verlobt?«

Ja, Ursula fiel es wieder ein. Sie zog langsam ihre Schuhe an. Grunerstraße 10, dachte sie, legte Karl kurz ihre Hand auf die Wange und sah ihm in die Augen, bevor sie aus der Waschküche eilte.

27. Dezember

Sie spazierten über eine Seite des Ku'damms, bevor sie im KaDeWe einkehrten, um zu Mittag zu essen. Auf den einzelnen Etagen des Kaufhauses war man dabei, den Weihnachtsschmuck gegen Silvesterdekorationen auszutauschen. Nahe einer Bar suchten sich Karl und Ursula einen Platz. Karl bestellte zur Feier des Tages zwei Gläser Champagner. Die Tresenfrau drückte auf die Gläserränder jeweils eine dicke Erdbeere.

»Erdbeeren im Winter«, sagte Karl mit leichtem Vorwurf. Ursula aß sie. Sie spürte bereits nach ein paar Schlucken die Wirkung des Alkohols. Vom Büfett holte sie Essen für sich und Karl. Mit den schweren Tellern auf dem unhandlichen Tablett stand sie an der Kasse an. Vielleicht noch etwas Frisches zum Nachtisch, überlegte sie, wollte aber nicht noch einmal umkehren.

Karl orderte nach dem Essen noch zwei Gläser Champagner.

Sie hakten sich fest unter, als sie Rolltreppe für Rolltreppe im Kaufhaus hinunterfuhren.

Im Erdgeschoss wurde an einem zusätzlich aufgebauten Stand Schokolade zum halben Preis verkauft. Ursula konnte nicht widerstehen, Marzipanschokolade zu kaufen. Karl entdeckte große Kästen Weinbrandbohnen mit Zuckerkruste, die er früher sehr gemocht und seit vielen Jahren nicht mehr gegessen hatte. Er kaufte fünf große Kästen davon. Nach dem Bezahlen öffnete er sofort eine der Schachteln und steckte sich eine Weinbrandbohne nach der anderen in den Mund.

»Im Adlon wohnen, aber Schokolade zum halben Preis kaufen«, lachte Ursula und hakte Karl unter, um mit ihm in Richtung Ausgang zu gehen. Dazu mussten sie durch die edle Parfümerie, wo starkgeschminkte Frauen Duftproben anboten.

»Junge Frau«, sagte eine der Angestellten. »Möchten Sie mal unseren neuen Puder ausprobieren?«

War es die Gelegenheit, sich zu setzen, oder das schmeichelnde »junge Frau«? Ursula setzte sich. Karl sah sich ebenfalls nach einer Sitzmöglichkeit um. Die Angestellte der Parfümerie schminkte Ursula, beriet sie über ihre Haut, machte Komplimente über ihr Aussehen in ihrem Alter und ließ geschickt einfließen, welche ihrer Produkte besonders zu empfehlen wären.

Nachdem Ursula sich zufrieden im Spiegel betrachtet hatte, kam sie auf Karl zu.

»Und?«

»Schön!«, sagte Karl. »Für mich bist du immer schön.«

Auf dem Ku'damm kamen sie nicht weit, denn ihre Schuhe drückten. An einem Kino neben dem Institut Français kam Karl die Idee nachzusehen, welcher Film als Nächstes liefe. Sie hatten Glück, ein französischer Thriller über ein Mädchen, das einer großen Pianistin die Notenseiten umblättert, würde in wenigen Minuten gespielt. Sie kauften sich Karten und streckten im Zuschauerraum, in dem etwa zehn weitere

Besucher saßen, die Beine aus. Ursula zog die Schuhe aus und lehnte ihren Kopf an Karls Schulter. Es war wunderbar, mit ihm nachmittags im Kino zu sein. Beide liebten französische Filme und wurden nicht enttäuscht.

Als sie das Kino verließen, war es noch hell draußen. Eine Weile betrachteten sie den starken Verkehr auf dem Ku'damm und bogen dann in eine Seitenstraße ein. Karl, offenbar noch ganz in die Geschichte des Films versunken, nickte vor sich hin. Ursula dachte, dass es sich allein für diesen gemeinsamen Nachmittag gelohnt hatte, die Reise ins Adlon zu unternehmen.

In dem Thriller rächte sich ein Mädchen an einer Diva, die ihr die Karriere verdorben hatte. Das Leben der Diva wurde durch die Rache zerstört, ohne dass ein Tropfen Blut floss.

Ursula überlegte, wie viele Menschen Grund gehabt hätten, sich an ihrer Mutter, an Maria Wegner, zu rächen. Weshalb hatte es eigentlich niemand getan? Der viel jüngere Liebhaber zum Beispiel, den Maria Wegner eine Weile lang gehabt hatte. Als er die Sängerin eines Tages verließ, rächte diese sich an ihm, indem sie unter seinen Orchesterkollegen heimlich das Gerücht verbreitete, dass er Alkoholprobleme habe. Obwohl der Musiker kein Trinker war, führten die Geschichten, die Maria Wegner geschickt streute, dazu, dass die Orchesterleitung schließlich beschloss, dem Mann zu kündigen.

»Das kannst du nicht machen!«, hatte Ursula damals zu ihrer Mutter gesagt.

Maria Wegner hatte entgegnet: »Lass mich! Ich brauche das jetzt!«

In einer kleinen Bäckerei tranken Ursula und Karl Kaffee.

Plötzlich hörten sie laute Musik. Die Verkäuferin wies mit dem Daumen nach draußen, das gehe heute schon zum dritten Mal so. Ursula begab sich zum Ausgang. In dem Moment begann ein Mann durch ein Mikrophon laut eine Modenschau anzumoderieren, um Zuschauer anzulocken. Vor einem kleinen Geschäft lag ein kurzer roter Teppich, auf dessen Rand wie zur Befestigung in gleichmäßigen Abständen Primeltöpfe standen. Zwei kleine Mädchen hielten auf ihren Fahrrädern kurz vor dem Teppich an, beobachteten gebannt das Model, das in einem weinroten Abendkleid als Erstes aus dem Laden auf den roten Teppich heraustrat. Ursula blickte sich amüsiert zu Karl um, der begonnen hatte, auf einer Papierserviette zu zeichnen.

Die Besitzerin der Boutique eilte fröstelnd nach draußen und stellte ein paar Gläser Prosecco auf den Sims ihres Schaufensters. Ein Paar, das offenbar vom Einkauf in einem Discounter kam, stellte seine vollen Plastiktüten an die Wand des Ladens und begann Prosecco zu trinken. Der Moderator rief ein paar Informationen über die Kleider und Kostüme, die die drei Laienmodels auf dem roten Teppich vorführten, und forderte zum Stöbern im Laden auf. Die zwei kleinen Mädchen setzten sich auf ihre Fahrräder und eilten davon. Das Paar bediente sich noch einmal am Prosecco, nahm seine Tüten und ging ebenfalls.

Ursula sah den zwei Mädchen nach, dann begab sie sich zurück in die Wärme des Cafés. Zu Karl. Die Bäckereiverkäuferin hatte ihm inzwischen alte Lieferzettel gebracht, auf deren Rückseiten er zeichnete. Ursula sah auf die Skizzen und griff nach ihrer Handtasche und der Tüte mit den Pralinen und Schokoladen.

»Warte«, sagte Karl, »eine Skizze noch.«

»Karl«, bat Ursula, »lass uns gehen. Nach Silvester hast du alle Zeit der Welt für dein Buch, dann kannst du wieder zeichnen.«

Karl nickte und zeichnete weiter.

*

Mehr als einmal am Tag konnten sie das Adlon kaum verlassen. Karl war bereits vor Ursula erschöpft, er versuchte jedoch, sich nichts anmerken zu lassen.

Heute wollten sie die Grunerstraße aufsuchen, die Straße, in der Karl mit seinem Vater gelebt hatte, bis das Haus zerbombt worden war. Es war Karls Wunsch, dorthin zu gehen. Ursula hätte diese Unternehmung keinesfalls vorgeschlagen. Grunerstraße 10.

Niemals hatte sie diese Adresse vergessen, denn wenige Tage nach Kriegsende hatte Ursula dort nach Karl gesucht. Dann vor den Trümmern gestanden und geglaubt, dass Karl darin umgekommen wäre. Und wenn er doch lebte? Würde er dann nach Ursula suchen?, hatte sie sich damals gefragt. Weshalb sollte er? Sie war doch mit Edgar verlobt gewesen, als sie und Karl sich das letzte Mal begegnet waren.

Dass Ursula es war, die sehr lange vor Karl wusste, dass es sein Elternhaus nicht mehr gab, konnte sie damals nicht ahnen.

Karl kam erst 1948 aus russischer Gefangenschaft. Er konnte auch erst dann Abschied von seinem Vater nehmen.

Er sei die Straße entlanggekommen, erzählte er Ursula später, und in die Freude, endlich frei zu sein, habe sich längst die bange Sorge gemischt, ob »sein« Haus noch stehen würde. Es gab in Berlin noch Häuser, die beinahe unversehrt geblieben waren, vielleicht auch seines, hatte er gehofft. Je näher er der Grunerstraße 10 kam, umso verhaltener war sein Schritt geworden. Bis er davorstand und es Gewissheit wurde, dass er kein Zuhause mehr hatte. Seither war Karl nie wieder in der Grunerstraße gewesen.

Nun stand er mit Ursula vor einem Altbauhaus, das so aussah, als stünde es bereits seit der Jahrhundertwende dort. Die Buchen, die den Straßenrand säumten, waren ebenso hoch, wie die, die hier gestanden hatten, als er ein Junge gewesen war.

Ursula hatte 1945 hier in eine Lücke gestarrt, eine Lücke, die mit Trümmern gefüllt war, aus denen noch Reste persönlicher Habseligkeiten ragten. Sie hatte lange dort gestanden und versucht sich klarzumachen, dass Karl begraben war, dass sie Karl in ihrer Erinnerung begraben musste. Dann war sie zurückgefahren, zu ihrer Mutter, mit der sie zwischen Berlin und Potsdam wohnte, zurück in das Haus, in dem sie heute mit Karl lebte.

Edgar, Ursulas damaliger Verlobter, hatte es nach der Trennung Maria Wegner zu einem guten Preis überlassen. Er hatte nach der Nacht im Adlon die Blicke bemerkt, die Ursula ihm heimlich zuwarf, Blicke, in denen Zweifel, Angst und vielleicht sogar Kälte lagen. Hatte Edgar anfangs immer wieder mit Ursula über einen Hochzeitstermin sprechen wollen, tat er es irgendwann weniger und dann gar nicht mehr. Auch wenn ihre Mutter das Thema Hochzeit ansprach, brachte Ursula Ausflüchte vor, wie die, dass sie nicht in Kriegszeiten heiraten wolle. Die Mutter ließ das nicht gelten. Ursula führte außerdem die schlechte Versorgungslage an, durch die man in diesen Zeiten kaum ein schönes Fest ausrichten könne. Sie wolle nicht während der Feier in einen Bunker flüchten müssen, weil es Bombenalarm gebe. Und ein schönes Hochzeitskleid könne sie sich in diesen Zeiten auch nicht nähen lassen, weil man keine Spitzenstoffe bekomme. Maria Wegner überzeugten auch diese Begründungen nicht. Und was das Kleid betreffe, könne Ursula ja das ihre tragen.

Edgars Gesellschaft war Ursula angenehm, doch seine körperliche Nähe ließ sie zurückweichen. So blieben sie Anfang des Jahres 1945 noch ein paar Wochen verlobt, weil sie nicht wussten, wie sie ihre Trennung erklären sollten, und sich auch vor Maria Wegners Reaktion darauf fürchteten.

Als Edgar eines Tages begann, sich für eine andere Frau zu interessieren, bat er Ursula, ihn freizugeben. Ursula, die sich Hunderte Male gewünscht hatte, dass diese Situation einträfe, ertappte sich bei dem Gedanken, dass sie Edgar halten wollte. Wie würde das Leben ohne ihn verlaufen? Ihr Leben – und das ihrer Mutter? Ursulas Leben mit der Mutter.

In ihren Gedanken war Ursula oft bei Karl gewesen, diesem Mann, den sie viel weniger als Edgar kannte, den sie eigentlich gar nicht kannte. In ihren Phantasien hatte Ursula sich häufig in die Nähe dieses fremden Mannes gedacht. Als sie noch mit Edgar verlobt gewesen war, war sie sich deshalb wie eine Betrügerin vorgekommen, wenn sie in ihren Träumen Karl begegnet war. Nun begann sie, sich nach ihm zu sehnen.

Als die Mutter ihr wieder einmal Bösartigkeiten entgegenbrachte, weil Ursula die Partie ihres Lebens, die Verbindung mit Edgar, verpatzt hatte, ging Ursula unter dem Vorwand,

Alkoholisches auf dem Schwarzmarkt zu besorgen, aus dem Haus. Heimlich fuhr sie nach Berlin. Zur Strafe für die Beschimpfungen würde sie ihrer Mutter keinen Schnaps besorgen und sich stattdessen auf die Suche nach Karl begeben.

Nachdem sie dann lange vor der Ruine des Hauses in der Grunerstraße 10 gestanden hatte, wandte Ursula sich ab. Wie betäubt lief sie die neue Friedrichstraße entlang, bis sie begriff, wohin es sie trieb. Sie war auf dem Weg zum Adlon. Vielleicht hatten Karl und sein Vater dort gerade gearbeitet, als ihr Zuhause zerstört wurde, und waren unversehrt geblieben, hoffte Ursula. Das Adlon hatte, wie durch ein Wunder, alle Bombardements überstanden. Ursula war sich plötzlich ganz sicher, dass Karl noch lebte.

Sie begann zu laufen und zwang sich immer wieder, ruhiger zu gehen.

Es war Mai, ein sonniger Tag, nahm Ursula erst jetzt richtig wahr.

Alles, was Ursula zuletzt über das Adlon gehört hatte, war, dass das Hotel bis April 1945 Gäste beherbergt hatte, wenige zwar, aber Hotelgäste. Erst als vermehrt Granaten am Potsdamer Platz einschlugen, beschlossen auch diese letzten Gäste abzureisen. Wobei von Reisen keine Rede mehr gewesen sein konnte. »Die Linden«, wie die Berliner ihre Straße vor dem Adlon liebevoll nannten, auch wenn dort schon lange keine Linden mehr standen, waren unter Beschuss gewesen. Tote und Verwundete überall.

Doch im Hotel sei auch an diesen Tagen, in denen sich das Ende des Krieges abzeichnete, noch alles intakt, hatte Ursula gehört. Die schönen Teppiche lagen noch, die Versorgung mit Wasser, auch mit warmem Wasser funktionierte, keine einzige Fensterscheibe sei kaputt, sogar die Telefone waren intakt. Es arbeiteten vor allem noch Frauen im Adlon oder ältere männliche Angestellte. Deren Uniformen seien nicht mehr so akkurat wie in Zeiten davor, doch darüber sehe jeder im Haus gern hinweg. Einerseits schien das Adlon ein Symbol dafür zu sein, dass man in diesem Land nicht alles zerstören konnte. Andererseits spiegelte die Tatsache, dass kaum noch junge Männer in diesem Hause arbeiteten, wider, dass es kaum noch Junge unter den Zivilisten gab, weil sie alle an die Front geschickt worden waren.

Als die Rote Armee Ende April 1945 immer näher gekommen war, funktionierten der Besitzer und seine Angestellten das Hotel eiligst in ein Lazarett um. Die Frauen, die sich weiterhin trauten, zur Arbeit ins Adlon zu gehen, wurden eingeteilt, um Verletzte, die vom Potsdamer Platz ins Haus verbracht wurden, mit Wehrmachtsverpflegung zu versorgen. Jungen, die noch zu jung für die Front waren, wurden Panzerfäuste in die Hand gedrückt, um am Endsieg mitzuwirken. Immer noch gab es den Glauben daran, die Rote Armee abwehren zu können. Die Nachrichten, die Leute aus der Reichskanzlei verbreiteten, waren unterschiedlichster Art. Da sei zur Befreiung eine große deutsche Armee im Anmarsch, sogar Marinetruppen seien zur Hilfe unterwegs, wurde verlautet. Aber immer wieder war auch von »den Russen« die Rede, die die Stadt einnehmen wollten.

Am 1. Mai stellte man jedem, der im Lazarett Adlon versorgt wurde, eine Flasche Rotwein und eine Büchse Fleisch ans Bett, weil die Kämpfe eingestellt worden waren und jeden Moment »der Russe« ins Hotel einmarschieren könnte.

Und so geschah es dann auch. Das Hotel wurde besetzt. Alle Verletzten, die Offiziere, Soldaten oder Volkssturmangehörige waren, wurden gefangen genommen und nun unter Aufsicht russischer Armeeangehöriger vom Sanitätspersonal versorgt. Den 2. Mai lang und auch noch in der Nacht darauf.

Was würde inzwischen im Adlon vor sich gehen?, fragte sich Ursula. Sie wich auf dem Weg dorthin immer wieder russischen Soldaten aus. Sie zog das Kopftuch tiefer ins Gesicht. Manchmal versteckte sie sich hinter einer Wand. Sie traute ihrer Verkleidung als alter Frau nicht, sie hatte sich das Haar mit Mehl gebürstet, das Gesicht fade geschminkt und den zerschlissensten Mantel angezogen, den sie hatte. In klobigen Schuhen versuchte sie, wie eine alte Frau zu gehen. Man hatte ihr von Vergewaltigungen berichtet.

Menschen irrten durch die verschütteten Straßen. Manche suchten in den Ruinen nach etwas. Andere saßen einfach nur am Straßenrand und starrten vor sich hin. Immer noch hing Brandgeruch in der Luft.

Als Ursula in »die Linden« einbog, wurde der Brandgeruch stärker.

Sie begann zu laufen.

Erst vor dem Adlon machte sie halt.

Das Hotel war abgebrannt.

Ursula begann zu schwanken. Ein alter Mann fing sie auf. Er weinte. Gemeinsam standen Ursula und er da und starrten auf die Ruine.

Ursula fragte den Mann, ob er wisse, ob das Personal überlebt habe. Der Mann meinte, die meisten hätten, so wie er, seit Ende April nicht mehr im Adlon gearbeitet, weil das

Hotel zu einem Lazarett geworden war. Soviel er wisse, seien alle Patienten gerettet worden, bis auf die Offiziere, diese hätten die Russen erschossen. Die Russen sollten das Feuer verursacht haben, weil sie in der Nacht total betrunken mit glühenden Zigaretten umhergeworfen hätten. Das erzählte man sich jedenfalls. Den ganzen Krieg habe das Adlon überlebt, und dann gehe es wegen einer glühenden Zigarette in Flammen auf …

Ursula war schwindlig. Fast überall am Potsdamer Platz nur Grundmauern und dazwischen Schutt. Das Brandenburger Tor mit nur noch einem grünen Pferd.

»Kennen Sie einen Karl? Der hat wie Sie hier gearbeitet. Sein Vater war Kellner …?«

Ursula kannte Karls Nachnamen nicht, weshalb hatte sie ihn nie danach gefragt?

»Kennen Sie einen Karl? Er war …«

Der Mann verneinte: »Tut mir leid, aber in der Zeit, in der ich im Adlon arbeiten durfte, gab es hier keinen Karl.«

Ursula ging, ohne sich zu verabschieden. Sie brauchte Stunden, um nach Hause zu kommen. In manchen Abschnitten fuhren noch Bahnen, weite Strecken musste sie laufen. Es war Nacht geworden, als Ursula zurück bei ihrer Mutter war.

*

Drei Jahre später, nachdem er endlich aus russischer Gefangenschaft entlassen worden war, war auch Karl durch Berlin gestreift.

Noch immer viele Grundmauern und Trümmerhaufen, manche Häuser notdürftig wiederhergerichtet, andere bereits im Wiederaufbau. Sein Elternhaus in der Grunerstraße war bis aufs Fundament abgetragen. Karl fragte sich, was er hier suchte, denn auch, wenn sein Haus noch gestanden hätte, wäre die Wohnung, die ihm und seinem Vater gehört hatte, sicherlich nicht mehr die seine gewesen. Wer rechnete noch damit, dass Karl drei Jahre nach Kriegsende wiederkam? Drei Jahre lang war er verschollen gewesen, hatte keine Nachrichten schicken können. An wen auch, hier in Berlin?

Die Nachricht vom Tod seines Vaters hatte Karl noch in den letzten Kriegstagen erhalten. Zur Beisetzung ließ man ihn nicht fahren, es waren die Tage, in denen es um den sogenannten Endsieg ging. Karls Vater war an der Leber krank geworden und hatte es erst, als daran nichts mehr zu ändern gewesen war, bemerkt. Dass Karl seinem Vater in dessen letzten Tagen seines Lebens nicht hatte beistehen können, hatte ihn wütend gemacht, ebenso, dass er zur Beisetzung keinen Tag Fronturlaub bekam. Er war auf alles wütend, auch auf die Krankheit seines Vaters, die angeblich nur Trinker bekamen. Sein Vater hatte längst aufgehört gehabt zu trinken. Manchmal dachte Karl, es sei diese Wut gewesen, die ihn am Leben gehalten hatte, drei Jahre lang in Russland. Und der Wunsch, die Grabstätte seines Vaters ausfindig zu machen, um endlich Abschied nehmen zu können, 1948, drei Jahre nach dessen Tod.

Karl wandte sich ab und ging die Grunerstraße entlang, ohne sich noch einmal umzudrehen.

DLON HOTEL stand über dem vermauerten Haupteingang des Adlon. Links von der Ruine überlebensgroß das Bildnis Stalins. Ein paar gutgekleidete Menschen strebten in die Wilhelmstraße. Auf einem großen Schild stand geschrieben, dass dort in dem Teil des Adlon, der nicht niedergebrannt war, Hotel und Restaurant weitergeführt wurden. Karl ging auf den Eingang zu. Sein Schritt wurde verhaltener. Er sah an sich hinunter. Es war nicht die Zeit für ein solches Hotel, für ihn nicht, für die Menschen im sowjetischen Sektor nicht. Das war der Moment, in dem Karl beschloss, diesen Sektor Berlins für immer zu verlassen.

Er sollte selbst ein Hotel eröffnen, überlegte er, eines, in dem auch sein Vater gern gearbeitet hätte. Jedoch nicht in diesem Sektor! Karl wollte keine Russen mehr sehen, deren Sprache nicht mehr hören.

Er schwankte, als er auf das Brandenburger Tor zuging. Er hatte Durst, er hatte Hunger.

Karl drehte sich noch einmal zum Hotel mit dem fehlenden A im Namen um und zu den Linden, die es Unter den Linden nicht mehr gab.

Prenzlauer
Alexander
Bhf. Alexanderpl.
Neue
Klosterstr.
Luxemburgpl.
Pieck
Platz
Alte Schönhauser
Max Beer
Almstadt
Marx-Engels-
Dircksen
Rosenthaler
Kl. Rosent.
Linien
Joachim
Gips
Gr. Hamburger
Kl. Hamburger
Weinmeister
Rathaus
Spandauer
Litten
Stralauer
Fischer
Roß
Gertrauden
Breite
Märk. Mus.
Neue Roß S.
Spittelmarkt
Marx-Engels-Platz
Linden
Unter den Linden
Hausvogteipl.
Jerusalemer
Stadtmitte
Mohrenstr.
Kronen
Tauben
Jäger
Französische Str.
Behren
Markgrafen
Charlotten
Universität
Geschw.-Scholl
Planck
Am Kupfergraben
Oranienburger
Oranienburger Tor
August
Wilhelm-
Novalis
Hessische
Friedrich
Friedrichstr.
Bhf. Friedrichstr.
Georgen
Zetkin
Mittel
Neustädt. Kirch
Schadow
Wilhelm
Thälmannpl.
Thälmann
Leipziger
Potsdamer
Voss
Ebert
Albrecht
Marien
Luisen
Schiffbauer
Rein-
Clara-
Charité
Platz der Republik
Moltke S.
Herwarth
Kronprinzen
Chaussee
Allee
Lehrter Bhf.
Invaliden
Alt-Moabit
Post-Station

»Die Liebe ist so unproblematisch
wie ein Fahrzeug. Problematisch sind nur die
Lenker, die Fahrgäste und die Straße.«

Franz Kafka

Zu Silvester 1960 wurde Maria Wegner wieder einmal nach Berlin engagiert. Der Veranstalter ließ sie und Ursula im Adlon nächtigen. Dies bestätigte Maria Wegner, dass sie doch noch die große Sängerin war, die sie vor zwanzig Jahren gewesen war.

Ursula fürchtete den Abend. Sie wachte seit langem über die Termine und Verträge ihrer Mutter und hatte in der letzten Zeit zunehmend peinliche Auftritte der Sängerin erlebt. Mit jedem Engagement wurde die Furcht davor größer, dass Maria Wegner die Stimme nicht halten könnte. Wenn sie sie gehalten hatte, meinte die Sängerin einen glänzenden Auftritt gehabt zu haben.

Ursula konnte kaum glauben, dass jemand ihre Mutter noch für eine angemessene Künstlerin in einem großen Rahmen hielt, und sie schämte sich zugleich für diesen abfälligen Gedanken. Am liebsten hätte sie das Engagement im Adlon nicht zugesagt. Gleichgültig, ob Maria Wegner zu Jahrestagen der DDR in LPGs, Altenheimen oder vor SED-Funktionären sang, das Lampenfieber kam mit Macht über sie, bereits Stunden vor dem Auftritt. Inzwischen nahm sie auch Beruhigungsmittel dagegen.

Hatte Ursula früher die Direktheit ihrer Mutter meist gemocht, war es ihr heute peinlich, als sich Maria Wegner an der Rezeption abfällig darüber äußerte, dass beim Anblick dessen, was von dem Hotel, das es mal war, noch übrig sei, wohl nicht mehr die Rede vom Adlon sein könne. Adlon habe Luxus bedeutet. Mit Hilfe von Komparsen in Hoteluniformen tue man hier inzwischen nur noch so, als befände man sich in einem Luxushotel und nicht in einem übriggebliebenen Seitenflügel, der mit DDR-Requisiten ausgestattet sei.

»Mutter!«, bat Ursula.

Die Frau an der Rezeption verhielt sich so, als habe sie die Äußerungen der Sängerin nicht gehört. Ein Mann, der in der Lobby in einem Sessel saß, senkte die Zeitung und beobachtete Maria Wegner und Ursula aufmerksam. An seinem Revers steckte ein Abzeichen mit dem Symbol des Händedrucks.

Maria Wegner bemerkte den Blick des Mannes und sagte laut:

»Wie passt das denn in Zeiten des Sozialismus zusammen, dass wir einerseits eine neue Gesellschaft aufbauen wollen und hier noch Pagen und Diener herumlaufen? Also ich finde das in unserer DDR nicht angemessen.«

Der Mann hob die Zeitung wieder vor sein Gesicht. Maria Wegner zwinkerte ihrer Tochter zu. Ursula nahm das Gepäck, das der Page hatte stehen lassen.

Im Zimmer zog Ursula die Vorhänge zur Seite. Sie betrachtete das Brandenburger Tor. Die grünen Pferde und die Frau gab es nicht mehr. Anstelle der Quadriga wehte eine DDR-Fahne in Richtung Potsdamer Platz.

Ursula sah die Polizisten, die vor dem Brandenburger Tor postiert waren und verhinderten, dass jemand Ostberlin verlassen konnte. Sie zog den Vorhang wieder zu.

Maria Wegner inspizierte das Zimmer. Gewöhnlich sei das Adlon geworden, ein HO-Betrieb, konstatierte sie. Auf den

Schreck müsse sie erst einmal etwas trinken. Ursula wandte schon lange nichts mehr dagegen ein, dass eine der Taschen, die sie mit auf Reisen nahmen, mit Schnapsflaschen gefüllt sein musste.

In ihrem Dorf gab es einen Mann, der Selbstgebrannten verkaufte. Damit machte er ein gutes Geschäft neben dem Konsum, in dem Ursula seit ein paar Jahren gelegentlich aushalf. Um einen rechten Beruf hatte sie sich nie gekümmert, denn es war ihr Beruf, das Leben Maria Wegners zu organisieren. Jahrelang konnten Ursula und ihre Mutter finanziell bestens von den Gagen leben, so dass sie sogar Engagements, die nicht besonders attraktiv schienen, ausschlagen konnten. Inzwischen nahm Ursula fast alle Angebote an, die Maria Wegner gemacht wurden. Die Gagen waren im Vergleich zu dem, was Ursula in der Konsumverkaufsstelle verdiente oder auch die meisten anderen Menschen in ihren Berufen bezahlt bekamen, sehr hoch.

Künstler wurden geschätzt in der DDR. Betriebe und Organisationen erhielten finanzielle Mittel, um ihren Arbeitern oder Angestellten kulturelle Leistungen zu bieten. Trotzdem wanderten viele Künstler in den Westen ab. Dort verdiente man Westgeld und konnte dafür auch etwas kaufen. Außerdem musste man sich nicht vorschreiben lassen, welche Art von Kunst man zu machen hatte, es gab keine Zensur.

Maria Wegner kokettierte zwar häufiger damit, dass ihr die Zustände in der DDR nicht gefielen, dass sie, wenn es nicht bald besser würde, in den Westen ginge, man sie dort mit Kusshand nähme und sie sich vor Engagements kaum retten könnte, doch Ursula hatte längst durchschaut, dass ihre Mutter ahnte, dass sie im Westen inzwischen viel weniger

Chancen hätte als in der DDR. Die Sängerin würde lieber in der DDR bleiben, als sich dieser Demütigung auszusetzen.

Es dauerte nicht lange, bis Maria Wegner ihr Glas auf dem Nachttisch abstellte und sich aufs Bett legte. Ursula packte Koffer und Taschen aus, bis ihre Mutter schlafend durch den offenen Mund atmete. Ursula setzte sich an den Tisch. Stille umfing sie.

Sie schrieb auf einen Zettel, dass sie die Räumlichkeiten erkunden werde, zog ihren Mantel an, nahm ihre Handtasche und verließ das Zimmer. Sie lief die Treppen hinab und strich dabei mit einer Hand über das Geländer.

In der Empfangshalle bog sie zu den Toiletten ab, machte sich dort frisch und richtete ihr Haar.

Sie beschloss, nach Westberlin zu gehen, um im KaDeWe Ausschau nach einem Petticoat oder nach Ballerinas zu halten. Sie brauchte unbedingt etwas Ausgefallenes zum Anziehen, denn Herr Heinze, ihr Chef im Konsum, hatte sie erneut gefragt, ob sie ihn zur Betriebsfeier der Konsumgenossenschaft begleiten würde. Das hatte Ursula bereits im vergangenen Jahr getan. Obwohl sie Herrn Heinze damals nicht besonders gut behandelt und mit fast jedem Mann, der sie auf diesem Fest aufforderte, ausgelassen Twist und Rock 'n' Roll getanzt hatte, gab Herr Heinze ihr danach nicht das Gefühl, dass sie ein schlechtes Gewissen haben müsste. Auch nicht, nachdem er es gewesen war, der sie nach dem Fest, volltrunken von den Schnäpsen, die ihr andere Tänzer ausgegeben hatten, nach Hause gebracht hatte.

»Ursula, mit Ihnen an meiner Seite … Ursula, könnten Sie sich vorstellen, die Leiterin an meiner Seite zu werden, im Konsum, meine ich«, hatte Heinze auf dem Weg gesagt.

Ursula hatte sich erbrochen. Heinze hielt ihr den Kopf, tätschelte ihren Rücken und reichte ein sauberes Stofftaschentuch.

Ursula tat am nächsten Tag so, als hätte sie das Angebot Heinzes nicht vernommen. Und so verging ein weiteres Jahr, in dem Herr Heinze auf ein weiteres Fest hoffte.

Ursula glaubte, Herrn Heinze auch weiterhin bei Laune halten zu können, obwohl er für sie als Liebhaber nicht in Betracht kam.

Es hatte einige Männer in Ursulas Leben gegeben. Immer, wenn sie befürchtet hatte, schwanger geworden zu sein, geriet sie regelrecht in Panik, weil sie sich den jeweiligen Mann, mit dem sie gerade heimlich zusammen gewesen war, nicht als Ehemann und schon gar nicht als Vater ihres Kindes vorstellen konnte.

Ihrer Mutter hatte sie keinen ihrer Freunde vorgestellt. Maria Wegner störte es offenbar nicht, dass Ursula keinen Mann mit nach Hause brachte. Inzwischen war Ursula Ende dreißig und wusste, dass manche Leute darüber tuschelten, dass sie noch nie verheiratet gewesen war. Frauen redeten über sie als alte Jungfer. Umso verärgerter waren manche dann, wenn Ursula auf dem Dorftanz oder einer Betriebsfeier diejenige war, die am häufigsten aufgefordert wurde. Wenn sie einen Raum betrat, wurde es ein paar Sekunden lang still unter den Menschen. Ursula selbst war sich ihrer Wirkung kaum bewusst.

Sie schminkte sorgfältig ihre Lippen rot, bevor sie den Toilettenraum des Adlon verließ. Das Westgeld, das sie in ihrer Handtasche hatte, steckte sie sich ins Mieder. In der Lobby stand eine Gruppe Männer an der Rezeption und beglich ihre Rechnungen in Westgeld. Ursula begab sich in deren Nähe und verließ gemeinsam mit ihnen das Hotel. Einer der Männer ließ ihr beim Hinausgehen den Vortritt und fragte sie lächelnd, ob sie auch zurück auf dem Weg nach Hause sei und ob sie ebenfalls den Übergang Friedrichstraße benutzen werde. Ursula bejahte dies. Der Mann freute sich, dann könnten sie ja gemeinsam gehen. Auf dem Weg Unter den Linden entlang unterhielten sie sich über das Adlon. Blut- und Zungenwurst auf dem Frühstücksbüfett seien einfach nicht das, was man sich in einem solchen Haus vorstelle, meinte einer der Männer, und auf manche Wünsche vom Personal die Antworten »Haben wir nicht« oder »Können wir nicht« zu bekommen sei früher einfach undenkbar gewesen.

»Ostzone eben«, sagte ein anderer. Ursula sah sich um, ob jemand hinter ihnen ging, der das verbotene Wort gehört haben könnte. Dabei fiel ihr auf, dass Unter den Linden nur wenige Menschen unterwegs waren. Es gab inzwischen wieder Linden, halbwüchsig und kahl.

An der Friedrichstraße winkte der Posten freundlich grüßend die Gruppe durch, die wohl häufig diesen Durchgang benutzte. Ursula hakte sich bei dem Mann neben ihr ein. Einen Moment lang war dieser überrascht, dann ging er mit ihr über die Grenze in den Westsektor. Erst als die Grenzposten außer Sichtweite waren, löste sich Ursula vom Arm des Mannes und bedankte sich. Er fragte sie, ob er sie wiedersehen dürfe. Ursula verneinte lächelnd und ging ihren Weg.

Der Ku'damm war sehr belebt. Ursula trat durch die Tür und atmete die Luft, die nach Seife, Lebensmitteln und Tannenzweigen roch, ein. Schwindelerregend wirkten auf sie die Farben, mit denen das Erdgeschoss dekoriert war. Menschen betrachteten und befühlten die Auslagen, berieten sich, lachten, diskutierten, stellten etwas in Regale zurück und suchten weiter oder gingen an die Kassen, nachdem sie fündig geworden waren. Die Weihnachtstage waren gerade vorüber, und schon wieder waren viele Menschen dabei, sich im Kaufhaus des Westens Wünsche zu erfüllen.

Angestellte machten sich daran, den mächtigen Weihnachtsbaum abzuschmücken. Andere bereiteten die Silvesterdekoration vor. Papierschlangen, Girlanden, silbrig glänzende Papierhüte und Pappnasen gab es in verschiedensten Variationen zu kaufen – und Knallbonbons, die man am Silvesterabend zu zweit auseinanderziehen musste und aus denen dann ein Spruch fiel, der für das neue Jahr Glück bringen sollte. Ursula liebte Knallbonbons, in der DDR gab es diese leider nur selten. Konfetti stellten dort manche Leute für ihre Silvesterpartys selbst her, indem sie mit einem Papierlocher alte Zeitungen ausstanzten bis sie eine Büchse voll dieser kleinen, runden Papierteilchen hatten, die sie dann um null Uhr über die Köpfe anderer warfen. War die Feier vorbei, wurde das Konfetti aufgefegt und aufbewahrt – für die nächste Silvesterfeier.

Beim Anblick der gezuckerten Pfannkuchen, die an einem Extrastand angeboten wurden, spürte Ursula, dass sie hungrig war, doch sie beschloss, keinen Pfennig ihres Westgeldes für Essen auszugeben, ihres Geldes, das sie für Ausflüge nach Westberlin bei ihrem Chef Heinze zu einem Kurs 1:5 schwarz getauscht hatte. In seinem Konsum gab es manchmal Sachen, die es in der DDR eigentlich nicht gab. Für diese bezahlten befreundete Kunden bereitwillig mit Westgeld, das sie meist von Verwandten im Westsektor hatten. Ursula und ihre Mutter tauschten dann wiederum bei Heinze Ostgeld in Westgeld.

Weißkohl, Rotkohl, Sellerie, Äpfel vom Vorjahr und Kartoffeln, Ursula musste an das alltägliche Angebot in den Regalen im Konsum denken. Saure Gurken, Rote Bete, Malzkaffee, Vielfruchtmarmelade, Kunsthonig und Mischbrot …

In der Abteilung für Damenbekleidung im KaDeWe kam Ursula sich plötzlich nicht mehr so modern gekleidet wie in ihrem Dorf vor. Zu Hause, dachte sie, bin ich die Einäugige unter den Blinden, im Westen werde ich unsichtbar.

Sie ging an den Kleiderständern entlang und konnte sich bei der großen Auswahl für nichts entscheiden. Erschöpft nahm sie ein Petticoat-Kleid, das jedoch ihrem Budget nicht entsprach, und setzte sich eine Weile damit in die Umkleidekabine, ohne es anzuprobieren.

Auf der Toilette, wo es nach Seife duftete, erfrischte sie sich, holte das Geld aus ihrem Mieder und beschloss nun doch, sich draußen bei einem Bäcker eine billige Schrippe zu kaufen, um dann, wenn sie sich etwas erholt hatte, noch einmal ins KaDeWe zurückzugehen.

Sie fuhr die Rolltreppe hinunter ins Erdgeschoss, dabei

überblickte sie flüchtig die Menschen in den Gängen und an den Regalen. Sie wollte nur noch raus an die frische Luft.

Plötzlich glaubte sie, einen Mann zu sehen, den sie kannte. Der Mann redete mit einer Frau an der Kasse und übergab dieser etwas. Ursula bemerkte nicht, dass sie im Erdgeschoss angekommen war und machte nicht den nötigen Schritt von der Rolltreppe. Sie stolperte und fiel. Fremde halfen ihr auf. Ursula riss sich los und eilte auf die Kasse zu, doch der Mann, den sie glaubte zu kennen, war fort. Ursula drehte sich um sich selbst.

»Wissen Sie, wo der Mann hingegangen ist, der eben hier mit Ihnen gesprochen hat?«, fragte sie außer Atem die Frau an der Kasse. Die Kassiererin hatte keine Ahnung. »Kennen Sie ihn?«, wollte Ursula wissen. Die Frau verneinte und zeigte auf einen kleinen Stapel Werbeblätter.

»Er hat das hier abgegeben. Eigentlich legen wir ja keine fremde Werbung aus, aber er hat so nett darum gebeten …«

Ursula nahm einen der Zettel und verließ das Kaufhaus. Sie sah sich auf der Straße in alle Richtungen um, doch sie konnte den Mann nicht entdecken. Junge Frauen mit wippenden Pferdeschwänzen gingen an ihr vorbei. Ältere Frauen mit frisch gelegten Dauerwellen. Die Männer trugen ihr Haar nach hinten gekämmt und mit Pomade gefestigt. Die jungen Männer in Ursulas Dorf kämmten ihr Haar ebenso und gaben ihm mit Zuckerwasser Halt, weil sie nicht an die Haarcreme aus dem Westen kamen.

Die dunklen Locken des Mannes, der an der Kasse im KaDeWe gestanden hatte, waren akkurat geschnitten gewesen. Keine Haarcreme der Welt würde sie glätten können. Ursula fasste sich in ihr Haar, sie trug es zu einem dicken Zopf geflochten, den sie sich nach vorn über die Schulter legte. Wenn sie ausging, trug sie ihr Haar, das ihr immer noch bis zu den Hüften reichte und inzwischen dunkelblond geworden war, offen.

In einer kleinen Konditorei an der Ecke vom KaDeWe bestellte sich Ursula nun doch eine Tasse Kaffee und einen mit Eierlikör gefüllten Pfannkuchen. Sie studierte den Zettel, den ihr die Kassiererin im KaDeWe mitgegeben hatte. Es war Werbung für ein Hotel am Wannsee. Im Kleingedruckten stand der Inhaber: Karl Schoene.

Ursula bestellte noch eine Tasse Kaffee. Sie brauchte keinen Petticoat, sie brauchte auch keine Ballerinas mehr.

Ein Fremder beobachtete sie. Als er sich erhob und auf sie zukam, tat Ursula so, als bemerke sie es nicht. Er bot ihr eine Zigarette an. Sie nahm sie, ließ sich Feuer geben und sagte, bevor er ansetzen konnte, ein Gespräch zu eröffnen, dass sie leider sehr beschäftigt sei. Der Mann sah unauffällig auf ihren Ringfinger. Ursula studierte nochmals den Zettel, dann ließ sie sich von dem Mann erklären, wie sie von hier aus am schnellsten zu diesem Hotel am Wannsee käme.

Auf dem Ku'damm sahen sich Menschen nach einem Mercedes 190 SL um, einem Auto, das auch die berühmte Prostituierte Rosemarie Nitribitt gefahren hatte. In dieser anderen Welt in Westberlin rückte das Leben, das Ursula sonst führte, weit fort. Längst hätte sie zurück ins Adlon, zurück zu ihrer Mutter fahren sollen. Wenn Ursula jetzt zu diesem Hotel zu Karl am Wannsee führe, würde sie weitere Stunden fort sein. Wie würde ihre Mutter darauf reagieren?

Ein Hotel, dachte Ursula, das passt zu Karl.

Ob Karl sie wiedererkennen würde?

Und wenn?

Er wird verheiratet sein, und seine Kinder werden durch das Hotel toben, vermutete Ursula.

Was sollte sie sagen, wenn sie ihm gegenüberstehen würde?

*

Das Hotel lag direkt am See. Zur Linken befand sich eine Glasveranda, die als Saal diente, im Fenster klebte ein Zettel, auf dem die an Samstagen stattfindenden Tanztee-Veranstaltungen angekündigt wurden. Zur Rechten saß ein Paar am Fenster und trank Glühwein. Auf dem See hatte sich in der Nacht am Rand eine dünne Eisschicht gebildet. Ein paar Enten schwammen im noch freien Wasser. Ein Steg führte hinaus auf den See. Im Sommer konnten Ausflügler dort baden oder mit ihren Booten anlegen, um bei Karl Kaffee trinken zu gehen. Ursula hauchte in die kalten Hände. Lange schon stand sie vor dem Hotel und zögerte hineinzugehen.

Es passt zu ihm, dieses Hotel, dachte sie, bevor sie endlich den kleinen Empfangsbereich betrat. Eine junge Frau nickte ihr von der Rezeption aus freundlich zu. Im Restaurant suchte Ursula nach einem Platz, von dem aus sie den Eingangsbereich beobachten konnte. Eine Kellnerin nahm Ursula den Mantel ab und fragte sie, was sie bringen dürfe. Ursula bestellte Glühwein.

Die Frau an der Rezeption sah immer wieder zu Ursula herüber. Wenn sich ihre Blicke begegneten, lächelten sie sich an. Nach dem zweiten Glas Glühwein überlegte Ursula, ob sie noch Kaffee trinken sollte. Inzwischen saß sie allein im Restaurant, in dem den Gästen im Winter nur Frühstück und tagsüber Getränke angeboten wurden.

Ursula überlegte, an der Rezeption nach Karl zu fragen, doch sie wagte es nicht. Den Entschluss, das Hotel zu verlassen, zögerte sie mehrmals um zehn Minuten hinaus. Dann winkte sie der Kellnerin, die dabei war, die Silvesterdekoration anzubringen, und bezahlte. Ursula stand auf und zog den Mantel an.

Draußen parkte jemand einen Karmann Ghia.

Ursula sah Karl aussteigen und die Treppen hinauf in sein Hotel kommen. Sie hielt sich an der Lehne des Stuhls fest und setzte sich wieder hin. Karl küsste die Frau an der Rezeption kurz auf den Mund. Während er mit ihr sprach, drehte er sich kurz zum Restaurant um, dann wandte er sich wieder der Rezeptionistin zu.

Ursula stand auf und ging auf den Ausgang zu. Sie fasste an die Klinke der Tür.

Karl sagte: »Ursula!«

Ursula verharrte.

Karl fasste sie am Oberarm und drehte sie zu sich um.

Ursula hörte nicht, was er freudig redete.

Karl drängte sie zurück ins Restaurant. Bestellte Kaffee. Für sie. Und für sich. Er fragte nicht, ob Ursula zufällig hier sei. Er fragte gar nichts.

Ursula nahm den Blick der Frau an der Rezeption wahr, er war ihr gleichgültig. Karl erzählte sein Leben so zügig, als wären sechzehn Jahre ein Tag. Ursula tat es ihm nach. Danach sprachen sie über das Heute.

Karl würde demnächst sein zweites Hotel eröffnen.

Ursula erzählte, dass sie sich um ihre Mutter kümmerte, künstlerisch und finanziell.

Karl ließ Cognac servieren. Er saß mit dem Rücken zur

jungen Frau an der Rezeption. Er sah die Furcht in deren Blick nicht.

»Man könnte denken, ihr kennt euch schon lange«, sagte die junge Frau an der Rezeption, als Karl Ursula zur Tür brachte.

»Bitte entschuldige, Ursula«, sagte Karl höflich, »wie unaufmerksam von mir, darf ich vorstellen: Das ist Monika Schröder.«

Monika Schröder kam hinter der Rezeption hervor, reichte Ursula die Hand und sah Karl auffordernd an.

»Monika ist meine Verlobte«, sagte Karl.

Ursula erwiderte den Händedruck der Frau so fest wie möglich.

Eben hatte sie noch gedacht, dass sie nie wieder einen Abschied von Karl zulassen wollte. Nun wusste sie, dass sie das Leben, das sich die junge Frau an Karls Seite ausmalte und das schon fast begonnen hatte, zerstören würde. Noch tobten keine Kinder durchs Haus, aber bald würden sie es tun, wenn Ursula jetzt ginge.

Ursula reichte Karl zum Abschied die Hand. Karl kam näher auf sie zu, vielleicht, um sie auf die Wange zu küssen. Ursula wich ihm aus und griff nach der Türklinke. Karl wollte ihr die Tür aufhalten. Sie stießen aneinander. Lachten hilflos.

Draußen drehte sich Ursula noch einmal zum Hotel um. In der Tür standen Karl – und seine Verlobte.

Ursula fürchtete, auf dem vereisten Pflaster auszurutschen. Sie zählte ihre Schritte bis zwanzig ab. Danach würde sie sich noch einmal zum Hotel umdrehen. Sollte Karl ihr nachschauen, würden sie sich wiedersehen. Wenn nicht …

Bei Schritt zwanzig wagte Ursula nicht, sich umzudrehen. Sie zählte bis fünfundzwanzig, dreißig, dann drehte sie sich um.

Karl stand nicht mehr am Ausgang.

*

Um Mitternacht versammelten sich viele Menschen vor dem Brandenburger Tor. Die meisten, um dahinter das Feuerwerk mitzuerleben. Manche hatten selbstgefertigte Feuerwerkskörper dabei. Diese in Zeitungspapier gewickelten Sprengsätze, die in leeren Sektflaschen gezündet wurden, waren in der DDR eigentlich verboten und doch geduldet. Trotz der Einladung, im FDGB-Ferienheim nahe Berlin nach dem Auftritt Maria Wegners den Jahreswechsel zu verbringen, zog Ursula es vor, sich mit ihrer Mutter zurück auf den Weg ins Adlon zu machen. Maria Wegner hatte bereits vor dem Auftritt so viel getrunken, dass sie sich über Gastgeber und Gäste abfällig äußerte. Wenn sie bis Mitternacht weiterhin dem Wermut zugesprochen hätte, wäre die Chance für künftige Engagements deutlich gesunken. Vor dem Auftritt hatte Ursula versucht, eine Tasse Kaffee für ihre Mutter zu besorgen, doch Kaffee war an diesem Abend von den Veranstaltern nicht vorgesehen. Schließlich brühte man Maria Wegner einen Löffel voll in einer Tasse mit heißem Wasser auf, Rondo-Kaffee, Kaffeeverschnitt. Maria Wegner sammelte beim Trinken vorwurfsvoll Krümel aus ihrem Mund.

Im Hotel überredete Ursula ihre Mutter, sich bis Mitternacht noch ein wenig hinzulegen, dann könnten sie ja gemeinsam auf den Jahreswechsel anstoßen. Maria Wegner schlief angezogen auf dem Bett ein. Ursula hatte keinesfalls vor, sie in dieser Nacht noch einmal zu wecken.

»Habe dich nicht wach bekommen. Bin unten beim Feuerwerk«, schrieb sie auf einen Zettel, den sie auf den Nachttisch an Maria Wegners Bett legte. Sie nahm ihre Tasche, den Mantel zog sie im Flur im Gehen an.

In der Hotelbar des Adlon saßen ein paar Gäste, tranken und rauchten. Zwei von ihnen hatten Papphüte auf dem Kopf. Vor der Eingangstür warteten andere darauf, dass es zwölf würde und sie endlich ihre Wunderkerzen zünden könnten. Eine Frau pustete in ein Ding, aus dem eine Papierschlange flog und sich um Ursulas Schultern legte. Ursula lachte auf und ließ die Schlange dort, wo sie war.

Unter den Linden standen überall Menschen vor den Häusereingängen, auf dem Pariser Platz drängten sie sich dicht. Als es endlich null Uhr war, kreischten die Menschen auf, küssten sich, tranken aus mitgebrachten Flaschen und Gläsern. Ursula stand mitten unter ihnen, allein. Allein fühlte sie sich, obwohl ihr manches Lächeln zuflog, manch guter Wunsch für 1961, manch »Prosit«.

Sie betrachtete die Raketen, die hinter dem Brandenburger Tor, im Westen Berlins, in der Luft zu Tausenden Sternen zerflogen. Bevor das Feuerwerk vorüber war, wandte sie sich um, um zurück zum Hotel zu gehen.

Vor der Tür des Adlon stand Karl.

»Ein gutes neues Jahr!«, sagte er und küsste Ursula auf den Mund. Lange sahen sie sich an, bevor Karl sie umarmte. Sein Herz klopfte so stark, dass Ursula es spürte. War er gelaufen, um zu ihr zu kommen? Karl fasste in Ursulas Haar. Vorüberziehende warfen lachend Papierschlangen auf das sich küssende Paar. Ursula und Karl waren darin verfangen. Karl zog Ursula mit sich in eine ruhige Seitenstraße.

Gegen zwei Uhr dieses ersten Tages im Jahr 1961 ging Ursula im Adlon an der Rezeption vorbei. Eine Angestellte wünschte ihr ein gutes neues Jahr. Betont gelassen stieg Ursula die Treppen hinauf, so, als würde sie das Zimmer ihrer Mutter aufsuchen. Im ersten Stockwerk blieb sie stehen und wartete auf Karl, der nun das Hotel betrat und für sich um ein Einzelzimmer bat. Weil er mit Westgeld bezahlte, bekam er auch eines.

Er zog Ursula mit sich, Stufe für Stufe. Ursula strich dabei leicht über das Geländer der Treppe.

Im Zimmer waren sie einen Moment lang befangen, Karl zog Ursula an sich. Sie sah ihn an, als er ihr ins Haar fasste. Er löste ihren Zopf, flocht ihn auseinander, ließ die dicken Strähnen durch seine Finger gleiten. Dabei ließ er Ursula nicht aus den Augen. Sie ließ den Mantel fallen, streifte die Schuhe von den Füßen. Jetzt war er größer als sie. Karl zog sie aus, während sie sich küssten. Er nahm Ursula mit sich. Sie konnte es kaum erwarten. Und es kam ihr selbstverständlich vor. Sie redeten kein Wort. Alles, was sie sich zu sagen hatten, taten sie mit ihren Händen, Mündern, Schenkeln. Ursula wollte sich den Mund zuhalten, als sie schrie. Karl hielt ihre Hand fest, so dass sie es nicht tun konnte.

Danach dauerte es nicht lange, bis Ursula Karls Hände wieder an sich spürte, er nach ihr suchte und sie fand. Während sie sich liebten, lenkte Karl Ursula dorthin, wohin sie wollte, auch wenn sie bis zu dieser Nacht nur geahnt hatte, was sie wollte.

Karl überraschte Ursula. Dass er sich dabei seiner und ihrer so sicher war, ließ beide ohne Hemmungen sein. Immer wenn sie sich voneinander lösten, wünschte sich Ursula, dass Karl bei ihr bliebe.

Am Morgen war ihr Mund wund, die Wangen brannten, den Rest ihres Körpers spürte Ursula so deutlich, dass es ihr vorkam, als wäre sie bis zu dieser Nacht betäubt gewesen. Sie lächelte vor sich hin. Als sie sich anzog, kam es ihr vor, als hingen die Kleider an ihrem Leib herab. Sie spürte keinen Hunger, keinen Durst.

Ursula setzte sich auf die Bettkante zu Karl. Er wirkte ernst. Es wäre Zeit, etwas zu sagen, dachte sie und strich über ihre Lippen, die wie fiebrig glühten, und begann ihr Haar zu flechten.

»Nein, bitte!«, sagte Karl.

Ursula strich das Haar wieder auseinander, warf es vor und zurück und sah Karl an.

Es wäre Zeit, etwas zu sagen.

Was?

Alles.

»Ich werde dich finden«, sagte Karl.

Ursula war sich sicher, dass er das tun würde.

Er hatte es bereits in dieser Nacht getan.

*

Ihre Tage wurden die Montage. An Montagen brauchte man Karl am wenigsten in seinem Hotel. An Montagen hatte Maria Wegner keine Auftritte. An Montagen hatte Heinzes Konsum geschlossen.

Karl wartete montags mit seinem Auto am Ausgang des Ortes, in dem Ursula lebte. Meist fuhr das Paar dann nach

Potsdam in eine kleine Pension. Dort freuten sich die Inhaber über den Gast, der in Westgeld zahlte, über das Paar, das nie über Nacht blieb.

Manchmal schlenderten Karl und Ursula durch den Park des Schlosses Sanssouci, oder sie besuchten das Café Heider. Meist verbrachten sie die Stunden im abgedunkelten Zimmer der Pension.

Achtundzwanzig Montage verbrachten Ursula und Karl miteinander. Und die ungezählten Male, die Karl in seinem Karmann Ghia vor ihrem Haus auf und ab gefahren war, wenn es ihn nicht mehr in seinem Hotel am Wannsee hielt, wenn es ihn zu Ursula trieb. Wenn Ursula, die Karl irgendwann bemerkte, zu ihm hinauslief, um wenigstens ein paar Minuten bei Karl zu sein oder eine Stunde auf einem abgelegenen Platz im Wald.

Achtundzwanzig Montage, zwischen denen Ursula unruhig war. Doch wenn sie sich montags schön- und danach auf den Weg zum Treffpunkt machte, war sie ganz ruhig. So wie in den Stunden mit Karl. Ursula sprach ihm gegenüber nie dessen Verlobte an, denn sie wusste, dass sie das nicht tun musste.

Eines Montags teilte Karl Ursula mit, dass er die Verlobung mit Monika Schröder gelöst habe. Er sei überrascht gewesen, wie gefasst diese das aufgenommen hatte.

Ursula empfand all das nicht als überraschend, sondern als unausweichlich. Sie wollte mit Karl leben und er mit ihr. Für immer, für ewig.

Doch Ursula musste noch mit ihrer Mutter reden, ihr gegenüber hatte sie Karl noch nicht mal erwähnt. Ursula schob es von Montag zu Montag auf. Karl drängte sie nicht.

Auf dem Hotelbett liegend, malten sie sich ihr gemeinsames Leben aus, richteten sie ihre zukünftige Wohnung ein. Sie sahen vor sich, wie sie gemeinsam in ihrem Hotel am Wannsee arbeiten würden.

Ursula musste nur noch mit ihrer Mutter reden, und dann würde das Leben mit Karl beginnen, ihr zweites Leben.

Maria Wegner spielte häufig auf die Montage an. »Ich möchte mal wissen, was du montags so treibst. Da steckt doch bestimmt ein Mann dahinter. Vielleicht wärst du so gnädig, ihn mir mal vorzustellen.«

Ursula hatte es vor, doch sie fürchtete, dass sie der Situation, Karl mit ihrer Mutter zu konfrontieren, nicht gewachsen war.

»Ja, Mutter, ich habe einen Mann kennengelernt. Ich werde zu ihm nach Westberlin ziehen. Ich verlasse dich ...«, antwortete Ursula auf die Anspielungen ihrer Mutter, jedoch nur in Gedanken.

Wie oft hatte sie sich vorgestellt, wie ungehalten ihre Mutter auf Ursulas Beschluss wegzuziehen reagieren würde. Achtundzwanzig Montage vergingen, ohne dass Ursula mit ihrer Mutter sprach.

Heinze bat sie immer öfter, im Konsum auszuhelfen. Seine andere Angestellte war eines Morgens nicht mehr zur Arbeit erschienen. Hatte »rübergemacht«, wie so viele andere auch in dieser Zeit. Wie auch Ursula es längst vorhatte, was aber niemand wusste und wissen durfte. Jeden Tag erfuhr man von Leuten, die in den Westen abgewandert waren, weil sie dort Arbeit fanden, die besser bezahlt war, und man sich für das Geld, das man verdiente, mehr und auch bessere Waren kaufen konnte.

Im Juli 1961 begann Karl Ursula zu drängen, endlich zu ihm nach Westberlin zu ziehen. Er meinte bei seinen häufigen Grenzübertritten zu spüren, dass sich in der DDR etwas veränderte. Im DDR-Radio wurden die Verurteilungen derer, die die DDR verließen, immer schärfer. Karl glaubte, dass man bald keinen mehr rausließe. Er hatte keine Vorstellung, wie das geschehen könnte, aber er war sich sicher, dass es für Ursula mit jedem Tag schwieriger werden würde, »rüber« zu kommen.

In den S-Bahnen wurde immer strenger kontrolliert. Koffer oder anderes großes Gepäck machten verdächtig, weil darin Habseligkeiten sein konnten, die man zum Start ins neue Leben im Westen mitbrachte. Die grüne Grenze schien inzwischen der noch unverfänglichste Weg, um in den Westen zu kommen, aber auch dort wurden regelmäßig Menschen aufgegriffen. Man hörte von Flüchtlingen, die ins Gefängnis in die Keibelstraße gebracht wurden. Oder ins Gefängnis der Staatssicherheit nach Hohenschönhausen.

Karl bot Ursula an, ihm an den Montagen Sachen mitzugeben, die sie im neuen, gemeinsamen Zuhause mit ihm gern um sich hätte. Ursula traute sich nicht, Dinge aus dem Haus zu räumen, solange sie nicht mit ihrer Mutter gesprochen hatte. Manchmal überlegte sie wegzugehen, ohne ihre Mutter eingeweiht zu haben, denn deren Wissen über die Pläne ihrer Tochter könnte zu einer Verhaftung führen. Zu einer Verhaftung Ursulas. Und auch zu einer Verhaftung ihrer Mutter.

*

Der Sommer 1961 war ein heißer Sommer. Im tiefen Wasser des Sees hatte Ursula sich erinnert, wie Karl an einem der vergangenen Montage beim Baden »Toter Mann« gespielt hatte. Sie hatte lange versucht, ihn zum Leben zu erwecken. Als es ihr endlich gelungen war, hatten sie so sehr lachen müssen, dass sie vor Atemlosigkeit immer wieder untertauchten und befürchteten, zu ertrinken.

Bei der Erinnerung an ihr Spiel begann Ursula erneut zu lachen, allein in diesem See. Zügig schwamm sie zurück zum Ufer, fest entschlossen, beim Frühstück endlich mit ihrer Mutter zu reden. Es war der 6. August.

Im Radio in der Küche lief Conny Froboess' Lied »Pack die Badehose ein«.

»Und dann nischt wie raus zum Wannsee ...«, sang Ursula mit und dachte, ja. Karl hatte sogar mal angeboten, dass er zu ihr, in den Osten, ziehen könnte, doch das wollte Ursula keinesfalls. Sie wusste, dass er sich nach Kriegsende geschworen hatte, keinen Fuß mehr in die sogenannte Ostzone zu setzen. Ursula würde heute endlich ihre Feigheit gegenüber ihrer Mutter überwinden und stellte das Radio noch etwas lauter.

Maria Wegner kam im Morgenmantel in die Küche und drehte das Radio kommentarlos leise. Die selbstgekochte Marmelade von Erdbeeren aus dem eigenen Garten und das weiche Ei auf dem Tisch bereiteten ihr keine bessere Laune.

Ursula saß ihrer Mutter gegenüber und sah auf das belegte Brot auf ihrem Teller, ohne davon abzubeißen.

»Hast du was?«, fragte Maria Wegner kauend.

Ursula knetete ihre Hände.

»Ich habe einen Mann kennengelernt.«

»Wusste ich es doch, es gibt einen Montagsmann. Und? Was ist er, was kann er?«

Ursula antwortete. Ihre Mutter hörte ihr aufmerksam zu.

Ursula erzählte die ganze Geschichte. Auch, dass sie Karl bereits im Adlon begegnet war – als Kind und später, als sie und ihre Mutter Ende 1944 noch einmal mit Edgar dort gewesen waren. »Ich möchte mit ihm leben«, schloss Ursula. »Ich werde dich oft besuchen kommen. Dann kann ich dir immer gute Sachen aus dem Westen mitbringen.«

Maria Wegner begann zu weinen.

Es fiel Ursula schwer, aufzustehen und ihre Mutter in den Arm zu nehmen. Nicht, weil sie es nicht wollte, sondern weil sie sich dabei unbeholfen vorkam. Sie konnte sich nicht daran erinnern, es jemals getan zu haben. Die Mutter ließ es geschehen.

*

Am Montag, dem 7. August, hatte Ursula es noch eiliger als sonst, zum üblichen Treffpunkt mit Karl zu kommen. Wie sehr würde er sich darüber freuen, dass sie endlich mit ihrer Mutter gesprochen hatte und dass Maria Wegner offenbar nicht beabsichtigte, sich ihnen in den Weg zu stellen. In nur wenigen Tagen würde Ursula mit ihrem Geliebten weggehen. Karl wusste noch einen Weg, auf dem man über die grüne Grenze sicher in den Westen gelangte.

Ursula trug heute bereits eine kleine Tasche bei sich, in die sie zwei ihrer schönsten Kleider, einige Teile ihres Schmucks und auch ein paar Fotos von sich und ihrer Mutter gepackt hatte. Und eines, auf dem sie als kleines Mädchen gemeinsam mit ihrem Vater abgebildet war.

Ursula konnte sich an ihren Vater kaum noch erinnern. Wie hatte er sich bewegt, wie seine Stimme geklungen? Den Schuss der Pistole konnte Ursula noch heute hören. Er war im ganzen Haus zu hören gewesen. Ursula hatte ihre Puppe fallen lassen und war vor ihrer Mutter ins Badezimmer gerannt. Dort hatte ihr Vater gelegen. Mit der Pistole in der Hand, die Beine unnatürlich verrenkt; den Kopf in Höhe der Klosettschüssel. Dass der Vater Spielschulden hatte, die er nicht mehr bewältigen konnte, kam erst nach seinem Freitod heraus. Ursula blieb von ihrem Vater dieses Bild, wie er dort lag, und das Foto, das sie jetzt einpackte.

Es gab nicht viel mehr, das Ursula mit in ihr neues Leben nehmen wollte. Der Gedanke, bei null anzufangen, gefiel ihr.

»Na, gehst du zu deinem Montagsmann?«, hatte Maria Wegner gefragt, als Ursula sich heute auf den Weg machte. Ursula hatte ihre Mutter umarmt. Maria Wegner bat, Karl unbekannterweise Grüße auszurichten und, dass sie ihn gern kennenlernen würde, bevor Ursula mit ihm von dannen zöge. Ursula hatte es versprochen.

Die Sonne brannte auf ihr blondes Haar. Es war der erste aller Montage, an dem Karl nicht vor ihr am Treffpunkt war. Über der Straße flimmerte die Luft durch die Hitze. Ursula sah in die Richtung, aus der Karl eintreffen würde. Die Tasche in ihrer Hand wurde schwer, die Griffe feucht. Ursula sah immer wieder auf die Uhr. Karl würde gleich kommen, gleich würde sie ihm die Neuigkeiten überbringen, ihm auch über das erstaunliche Verhalten ihrer Mutter berichten, die sich am gestrigen Abend nach dem Gespräch mit Ursula noch allein zu einem Spaziergang am See aufgemacht hatte. Ursulas Angebot, sie zu begleiten, hatte Maria Wegner immer noch mit Tränen in den Augen lächelnd abgelehnt, mit der Begründung, dass sie das Alleinsein schon mal üben wolle, denn in Zukunft werde Ursula sie ja auch nicht mehr begleiten können.

Maria Wegner war erst am späten Abend zurückgekehrt, hatte guter Laune gewirkt und sich einen Weinbrand eingegossen.

Karl kam an diesem Montag nicht zum vereinbarten Treffpunkt.

Ursula fand keine Erklärung dafür. Hatte Karl es sich anders überlegt? Ursula schämte sich ihrer sofort eingetretenen Zweifel. Karl würde sie nicht verlassen!

Maria Wegner wirkte überrascht, als sie ihre Tochter so früh nach Hause kommen sah, und beruhigte Ursula.

»Vielleicht ist er krank geworden, oder in seinem Hotel ist etwas vorgefallen. Er wird sich bestimmt bald melden.«

Ursula hatte nie daran gedacht, dass Karl krank werden oder sie versetzen könnte, weil in seinem Hotel etwas Dringendes zu erledigen wäre. Sie zog sich in ihr Zimmer zurück.

Vom Fenster aus sah sie auf die Straße. Jeden Moment würde Karl in seinem Auto vor ihrem Haus parken, war sie überzeugt.

Es war nach Mitternacht, als der Postbote mit dem Fahrrad auf ihr Haus zukam. Ursula eilte die Treppen hinab und war überrascht, dass die Mutter dem Mann bereits die Tür geöffnet hatte.

Maria Wegner hielt ein Telegramm in den Händen.

»Von wem ist es?«, fragte Ursula.

Der Postbote sagte: »Für Ursula Wegner. Bitte quittieren Sie hier!«

Ursula unterschrieb hastig auf dem Formular, das ihr der Postbote hinhielt, riss das Telegramm auf und las: »Bin aufgehalten worden. Ich melde mich. Karl.«

»Und?«, fragte Maria Wegner. »Ist etwas Schlimmes passiert?«

Ursula wusste keine Antwort darauf.

*

Ursula wartete. Dienstag, Mittwoch ... Am Donnerstag fragte sie sich, ob sie sich auf den Weg zu Karl machen sollte. Doch er hatte angekündigt, sich bei ihr zu melden. Und tat es nicht. Was bedeutete das?

Ursula wartete. Sie wartete auch, wenn sie bei Heinze im Laden aushalf und sich fragte, weshalb sie dort noch arbeitete, wenn sie doch demnächst in Westberlin leben würde.

Sie wartete auf Karl, der sicherlich im nächsten Augenblick vor dem Laden parken würde, um sie endlich abzuholen. Wenn sie vom Konsum nach Hause ging, hielt sie nach ihm Ausschau. Kaum, dass sie die Tür aufgeschlossen hatte, fragte sie ihre Mutter, ob jemand da gewesen oder eine Nachricht gekommen sei.

»Nichts«, sagte Maria Wegner und drückte ihr Bedauern aus.

Ursula verbrachte Stunden auf den Stufen vor dem Haus oder am Fenster ihres Zimmers.

Sie malte sich aus, welche Erklärung Karl haben könnte, wenn er am nächsten Montag wie gewohnt am Treffpunkt einträfe. Ursula fragte sich, wie sie reagieren würde, wenn ihr seine Erklärung zu banal schiene, wenn Karl sich nicht vorstellen könnte, wie sehr sie gewartet und wie viel ihr das ausgemacht hatte. Dann wieder war sie überzeugt, dass etwas Schwerwiegendes passiert sein musste. Der Gedanke machte Ursula so viel Angst, dass sie sich wünschte, Karl wäre nur wegen einer Nichtigkeit nicht gekommen.

Am Samstag, dem 12. August, beschloss Ursula, nicht mehr bis Montag zu warten. Sie fragte Heinze, ob sie ausnahmsweise von der Konsumfiliale aus übers Amt ein Gespräch nach Westberlin anmelden dürfe. Heinze verwehrte ihr den Wunsch, denn vom Diensttelefon dürften keine West-Gespräche geführt werden. Ursula wiederholte ihre Bitte, sie flehte Heinze an. Heinze lehnte ab, gab ihr aber den Rat, sich an eine ihm bekannte Frau im Ort zu wenden, die zu den wenigen Leuten gehöre, die ein privates Telefon besäßen. Sie gewähre Leuten, Gespräche anzumelden und stundenlang in ihrem Haus zu warten, bis das Amt die Verbindung herstelle. Jeder, der telefoniert hatte, ließ zum Dank ein Geschenk bei der Frau, meist Naturalien. Ursula küsste Heinze zum Dank für den Rat auf die Wange.

Noch am selben Tag begab sich Ursula zu dieser Frau. Bei sich trug sie drei Gläser selbstgemachter Erdbeermarmelade und die Hotelbroschüre von Karl mit dessen Telefonnummer. Nach einigen Versuchen gelang es der Frau, zum Amt durchzukommen und das Gespräch für Ursula anzumelden.

»Es kann dauern«, sagte sie, bevor sie den Flur in eines der angrenzenden Zimmer verließ.

Ursula saß in diesem fremden Flur. Die drei Marmeladengläser hatte sie auf dem Telefontischchen abgestellt. Draußen im Garten schimpfte eine Amsel. Ursula stellte sich vor, dass Karl ausgerechnet jetzt, während sie hier saß, vor ihrer Haustür eintreffen könnte. Sie malte sich aus, dass er mit ihrer Mutter sprechen würde. Vielleicht würde er danach im Wohnzimmer auf Ursula warten.

Nach zwei Stunden klopfte Ursula an die Zimmertür der fremden Frau und bat sie, noch einmal das Amt anzurufen. Doch dort meldete sich niemand. Auch weitere Versuche blieben vergeblich.

Es war dunkel geworden, als Ursula den fremden Flur verließ. Die drei Marmeladengläser ließ sie zurück.

Am kommenden Morgen würde sie zu Karl fahren, beschloss Ursula. Weshalb hatte sie es nicht längst getan?

*

In der darauffolgenden Nacht lag sie wach. Die Temperatur im Zimmer war kaum gesunken. Im Radio war angesagt worden, dass es am heutigen Sonntag, dem 13. August, erneut sehr heiß werden würde. Im Garten begannen die Vögel gegen fünf Uhr zu singen. Ursula schlug das Laken beiseite und stand auf.

Auf dem Weg in die Küche schloss sie vorsichtig die Tür zum Schlafzimmer ihrer Mutter, danach wusch sie sich leise, bevor sie sich in der Küche eine Tasse Kaffee brühte.

Ursula trank von dem Kaffee, den Karl ihr mitgebracht hatte, und überlegte, auf welchem Wege sie unbehelligt nach Westberlin gelangen könnte. Sie dürfte nur die Handtasche mitnehmen. Das Kleid, das sie trug, war ein westliches, die Schuhe hatte sie ebenfalls im KaDeWe gekauft, sie könnte also als Westberlinerin durchgehen. Ursula stellte leise das Radio an, Conny Froboess sang: »Pack die Badehose ein«.

»Und dann nischt wie raus zum Wannsee …«, ja, das wollte Ursula.

Mitten in der zweiten Strophe wurde das Lied unterbrochen. Ursula drehte am Knopf des Radios, weil sie glaubte, den Sender nicht genau genug eingestellt zu haben. Doch das Lied war nicht mehr zu finden. Stattdessen die Stimme eines Reporters: Seit Mitternacht würden U-Bahn-Schächte in Ostberlin mit Steinen zugeschüttet. LKWs führen vor und kippten die Ladungen einfach in die Tunnel hinein. Mitglieder der Nationalen Volksarmee und der Kampfgruppen der Deutschen Demokratischen Republik rollten an der Grenze zu Westberlin meterhohen Stacheldraht aus … Es gebe seit Stunden kein Durchkommen mehr. Die Teilung Berlins würde durch Steine und Draht und bewaffnete Streitkräfte manifestiert …

Ursula drehte von Sender zu Sender. Überall gleichlautende Meldungen – im Westradio. Im Ostradio Musik, als wäre nichts geschehen.

Ursula trat ans Fenster. Die Sonne schien heiß in den Garten. Die Vögel hatten aufgehört zu singen. Sie schloss das Fenster und stellte wieder RIAS ein.

»Ich fahre nach Berlin«, schrieb sie auf ein Blatt Papier. »In Liebe, deine Ursula.« Das Radio ließ sie eingeschaltet.

*

Um nach Ostberlin zu kommen, musste man die Bahn über Westberlin benutzen und hatte so die Gelegenheit, dort unbemerkt auszusteigen. Ursula beschloss, so vorzugehen, doch es fuhr an diesem Morgen des 13. August 1961 keine Bahn mehr über Westberlin nach Ostberlin.

Aufgebrachte Menschen, die nach Hause nach Westberlin, oder welche, die einfach nur ihre Verwandten in Ostberlin besuchen wollten, versammelten sich am Potsdamer Bahnhof. Dort wurden sie auf Busse verwiesen, die seit diesem Morgen eingesetzt wurden. Sie fuhren um die Stadt, um Westberlin, herum. Ursula gelang es, in einen der ersten Busse zu kommen. Es dauerte Stunden, bis sie in Ostberlin ankam. Immer wieder Halten, Umleitungen, Ausweiskontrollen. Würde sie noch zum Wannsee gelangen? Zu Karl?

Der Bus hielt weit entfernt von der Sektorengrenze. Ursula lief in Richtung Brandenburger Tor. Viele Menschen waren unterwegs, zu Fuß oder mit dem Fahrrad. Sie waren aufgeregt: »Die riegeln den Osten ab! Das kann doch nicht wahr sein!«

Am Brandenburger Tor war alles gesperrt. Stacheldraht von Kampfgruppen bewacht. Die Waffen in Richtung Osten gerichtet.

Ursula eilte in Richtung Friedrichstraße. Vielleicht gab es in Wohnstraßen wie der Bernauer Straße noch ein Durchkommen nach Westberlin.

Doch Kampfgruppenmitglieder hatten die Zugänge durch die angrenzenden Querstraßen mit Stacheldrahtrollen blockiert. Menschen, die durch einen Ausweis nachweisen konnten, dass sie in der Bernauer Straße wohnten, wurden auf einen Übergang in der Brunnenstraße verwiesen – etliche Querstraßen weiter.

Es war heiß, staubig. Ursula stand nahe der Ackerstraße. Aus den Fenstern schauten Anwohner dem Treiben der uniformierten Männer zu. Eine Frau hatte sich ein Kissen ins Fenster gelegt, um es dabei bequemer zu haben. Viele Menschen sammelten sich an beiden Seiten der Absperrungen, richteten Rufe und Fragen nach dem Sinn an die Bewacher, doch diese gaben ihnen keine Antworten.

Plötzlich hörte Ursula einen Schrei. Eine Frau war aus einem Fenster in der Bernauer Straße auf die »andere Seite«, in den Westen, gesprungen und hatte sich offenbar verletzt. Menschen, die sich in ihrer Nähe befanden, halfen ihr eilig auf und umarmten sie.

Für einen Augenblick war Stille.

Ein Mann, der neben Ursula stand, weinte. In dem Moment, in dem die Blicke der meisten noch auf die Frau, die aus dem Fenster gesprungen war, gerichtet waren, sprang ein junger Mann über den noch nicht vollständig ausgerollten Stacheldraht. Ein Angehöriger der Kampfgruppen fuhr mit seiner Waffe herum, schoss dann aber nicht. Danach richteten die Soldaten die Gewehre entschlossener auf die Umstehenden. Ursula sah in eine Mündung. Sie sah das Gesicht des jungen Mannes, der in ihre Richtung zielte. Sie sah den Stacheldraht und das Dahinter. Sie wandte sich ab und ging davon.

An der Bushaltestelle standen inzwischen ausreichend Busse, ausrangierte Fahrzeuge, die man angeblich eilig aus Ungarn für diesen Tag, ab dem keine Bahnen mehr fuhren, geordert hatte. Ausweiskontrollen. Wer keinen Ausweis dabeihatte, wurde in eine Baracke geführt und verhört. Viele Menschen hatten nur das Wochenende in Westberlin verbracht, sich auf dem Ku'damm amüsiert, vielleicht im Kino einen Film mit Freddy Quinn angesehen, und jetzt wollten sie nach Hause. Manche weinten. Vielleicht auch, weil sie nicht wussten, ob es richtig war, nach Hause zu wollen.

*

Maria Wegner riss die Tür auf, bevor Ursula die drei Stufen hinaufgestiegen war. »Kind, bin ich froh, dass du wieder da bist. Wie konntest du bei diesem Durcheinander nach Berlin fahren!«

Ursula taumelte an ihrer Mutter vorbei ins Haus, lehnte sich an die Wand im Flur und begann zu weinen. Stockend erzählte sie, was sie in Berlin erlebt hatte.

Maria Wegner regte sich über den »Laden« DDR auf.

»Ist eine Nachricht für mich gekommen?«, fragte Ursula und ahnte bereits, dass ihre Mutter verneinen würde.

Ursula griff die Flasche Weinbrand, die die Mutter gerade in Gebrauch hatte, und trank einen Schluck daraus, dann noch einen.

»Mein armes Kind!«, sagte Maria Wegner. »Alles nur wegen eines Kerls!«

Ursula schrie auf und schmiss die Flasche gegen die Wand.

Die Mutter fasste sich mit beiden Händen ans Herz.

»Kind!«

Ursula sah auf den Weinbrand, der die Tapeten herablief.

Sie holte Handfeger und Kehrblech aus der Küche. Die Mutter stand daneben, als Ursula den Dreck beseitigte.

»Uns zweien ist eben kein Glück mit Männern beschieden. Vergiss ihn! Er hat es nicht verdient, dass du leidest. Wie gut, dass wir zwei uns haben.«

Ursula ging ohne ein Wort aus dem Zimmer. Sie schloss

sich lange im Badezimmer ein, bevor sie danach Stunde um Stunde in ihrem Zimmer wach auf dem Bett lag.

Nachts stand Ursula auf und sah nach, ob ihre Mutter schlief. Sie verließ das Haus und ging durch den menschenleeren Ort zu der Frau mit dem privaten Telefonanschluss. Diese öffnete im Nachthemd die Tür und sagte:

»Es tut mir leid, aber das Telefon funktioniert nicht. Die Leitungen nach drüben sind tot, wie abgeschnitten. Es tut mir leid, junge Frau, aber haben Sie denn noch kein Radio gehört?«

Die Frau trat dichter an Ursula heran und flüsterte:

»Man ist dabei, uns einzusperren. Wir können aus der Ostzone nicht mehr raus, wir können nicht mal mehr raustelefonieren. Das können die doch nicht machen! Ich habe meine Mutter drüben im Westen, ich muss doch meine Mutter wiedersehen können …«

Ursula ging zurück durch das Dorf. Schliefen die Menschen hinter den abgedunkelten Fenstern so ruhig, wie es schien? War nichts Beunruhigendes geschehen? Vielleicht würde Karl morgen zum Treffpunkt kommen.

Am Montag, dem 14. August, wurde im DDR-Radio eine Rede Willy Stophs übertragen: *»Was sind denn die wirklichen Absichten dieses Treibens, das mit Freiheit und Menschenwürde auch nicht das Geringste zu tun hat. Sie verschaffen sich auf diese Weise billige Ausbeutungsobjekte, die in der Deutschen Demokratischen Republik auf Kosten der Arbeiter und Bauern ausgebildet und qualifiziert wurden. Locken Jugendliche aus ihren gesicherten Verhältnissen in die Ungewissheit, um sie in der Nato-Armee oder auch in die Fremdenlegion zu pressen. Frauen und Mädchen landen als*

Prostituierte in Bordellen. Der Ministerrat erachtet es für notwendig, auch weiterhin geeignete Maßnahmen gegen Menschenhandel, Abwerbung und Sabotage zu treffen …«

Ursula ging zur gewohnten Zeit zum Treffpunkt mit Karl.

Er kam nicht.

*

Seit diesem Tag blieben die wenigen Anfragen nach Auftritten der Mutter unbeantwortet zwischen der übrigen Post liegen. Ursula erwartete zwar jeden Tag gespannt den Postboten, doch es interessierte sie nur, ob eine Nachricht von Karl dabei war. Sie hatte ihm längst einen Brief geschrieben. Vielleicht war er in den chaotischen Zeiten auf dem Postweg verlorengegangen? Ursula schrieb noch einen Brief. Und bekam wieder keine Antwort.

Dass Ursula noch lebte, spürte sie dadurch, dass sie sich fühlte, als würde in ihr etwas absterben. Tagelang lag sie auf ihrem Bett. Oft fragte sie sich, ob sie auch noch über den Zaun hätte springen sollen. Einfach springen. Was hätte ihr Schlimmeres passieren können, als jetzt hier zu liegen und vergeblich auf ein Zeichen von dem Mann zu warten, den sie liebte. Und auch wenn er sich noch melden würde, es gab kein Zueinanderkommen mehr. Kein gemeinsames Leben. Nicht einmal die Montage mehr. Nichts.

Am 15. August hatte man in Berlin begonnen, den Stacheldraht, der die Stadt teilte, durch hohe Mauern zu ersetzen.

Die Mutter versuchte Ursula damit zu trösten, dass es unmöglich sei, eine Stadt zu teilen. Das funktioniere auf die Dauer nicht, die Mauer würde bald wieder wegkommen.

Walter Ulbricht habe doch noch neulich gesagt, dass die »verdienten Truppen des Volkes« nicht dazu da seien, eine Mauer zu bauen. Die Mauer sei bestimmt nur eine Drohgebärde, meinte die Mutter, in ein paar Wochen sei sie wieder weg! Die meisten Leute im Ort glaubten das auch. Die Amerikaner würden eingreifen, Kennedy würde eingreifen. Aber Kennedy war und blieb im Urlaub, so lange, bis es zu spät war. Und Adenauer, von dem sich viele eine Rücknahme der Absperrmaßnahmen erhofften, unterbrach erst Tage zu spät seine Wahlkampfreise.

Ursula bekam das Gefühl, dass außer den Reportern, die sich im RIAS erregten, niemand wirklich etwas tat. Wenn das Lied von Conny Froboess im Radio gespielt wurde, schaltete sie es aus …

Sie quälte sich zur Arbeit in Heinzes Konsum. Heinze war zufrieden, weil er seit dem 14. August mit einem größeren Warensortiment beliefert worden war. Die Leute sollten spüren, dass es sich lohnte, in der DDR geblieben zu sein. Ursula machte Fehler, wenn sie Kunden bediente. Heinze erwähnte diese mit keinem Wort.

Ursula hörte nie wieder etwas von Karl.

Sie überlebte. Sie überlebte, so nannte sie es später, obwohl sie nichts mehr von ihm hörte.

Leben – das waren die achtundzwanzig Montage mit Karl gewesen. Danach, das war Überleben.

Die Mauer blieb, nicht nur wenige Wochen nach dem Bau im August 1961, nicht nur Monate, sondern Jahre. Sie blieb achtundzwanzig Jahre lang. Die Mauer, die man in der DDR nur »antifaschistischen Schutzwall« nennen durfte.

Ursula mied seither Berlin.

Wenn sie sich wegen ihrer Mutter dort aufhalten musste, dann vermied sie es, in Straßen in der Nähe der Mauer zu geraten.

Einmal hatte Ursula in den siebziger Jahren das Adlon aufgesucht. Man hatte das Hotel irgendwann renoviert, die Farbe der Fassade bröckelte aber inzwischen wieder, und man war dabei gewesen, das Hotel in ein Lehrlingswohnheim umzuwandeln. Zehn Jahre später riss man das Hotel ab. Als Ursula das hörte, beschloss sie, endlich aufzuhören, über ihr zweites Leben nachzudenken. Auslöschen wollte sie jede Erinnerung, so, wie man dieses Hotel ausgelöscht hatte.

Manchmal gelang es ihr.

»Die Liebe besiegt alles.«

Vergil

29. Dezember

Seit Minuten schon standen Ursula und Karl auf einer der Brücken über der Spree und sahen einem Hütchenspieler zu, der drei streichholzgroße Pappschachteln abwechselnd in schnellem Tempo über einer Kugel bewegte, dann plötzlich innehielt und die umstehenden Passanten dadurch köderte, dass er einen von ihnen fragte, unter welcher Schachtel die Kugel sei. Derjenige, der antwortete, tippte richtig. Hätte er vorher Geld gesetzt, hätte er es gewonnen. Die Umstehenden klatschten begeistert und ermunterten den Tippgeber, beim nächsten Spiel Geld zu setzen. Er gab dem Hütchenspieler fünfzig Euro, der Hütchenspieler reichte das Geld unauffällig an eine Frau neben sich weiter und begann fast gleichzeitig, die Schachteln über der Kugel auf dem kleinen ausgerollten Stück Teppich zu bewegen, in großem Tempo eine nach der anderen über die Kugel zu setzen. Der Hütchenspieler hielt abrupt inne. Wo lag nun die Kugel? Der Mitspieler tippte siegesgewiss auf eine der drei Schachteln. Umstehende bestätigten ihm, dass er richtig tippe. Der Hütchenspieler hob die Schachtel an. Es war keine Kugel darunter. Das Geld war verloren. Wie benommen ging der Mitspieler von dannen. Andere rückten nach, setzten mehr als der Vorherige, einhundert Euro, zweihundert Euro, und waren sich ganz sicher. Auch sie verloren.

»Das ist doch Betrug!«, regte Karl sich auf. »Weshalb fallen denn immer noch Leute darauf herein! Davor wurde doch schon zigmal im Fernsehen gewarnt!«

Ursula versuchte Karl daran zu hindern, Passanten vom Mitspielen abhalten zu wollen.

Eine ältere Frau setzte dreihundert Euro, nachdem der Hütchenspieler sie fünfzig Euro hatte gewinnen lassen. Karl meinte, dass man endlich die Polizei rufen solle. Der Hütchenspieler sah kurz zu seinen Partnern, die sich unauffällig unter die Passanten gemischt hatten. Die ältere Frau, der versprochen worden war, dass sie ihren Einsatz verdoppeln würde, verlor innerhalb der nächsten Sekunden ihr Geld.

Hilflos sah sie sich um, dann rief sie: »Polizei!«

Sie holte ihr Handy aus der Tasche. Der Hütchenspieler rollte flink den kleinen Teppich zusammen und verschwand mitsamt Kugel und Schachteln über die Straße. Seine Partner, die das Geld in ihre Taschen verteilt hatten, liefen in verschiedene Richtungen auseinander.

Karl regte sich noch auf dem Weg zum Adlon über die trickreichen Hütchenspieler auf. Um ihn abzulenken, wies Ursula auf die Schautafel, die vor dem Haus Unter den Linden 72/73 angebracht war. Hier habe Hermann Göring 1933 das Innenministerium und damit die Kontrolle über die preußische Polizei übernommen, die er um 50 000 aus SS und SA rekrutierte Hilfspolizisten verstärkte und zur Verfolgung politischer Gegner einsetzte, stand darauf geschrieben. Ursula erinnerte Karl an den Heiligabend, an dem ihre Mutter für einen Gast für fünfzig Reichsmark ein Lied gesungen hatte. Auch dieser war in Uniform gewesen, vielleicht war er später auch vom Innenministerium übernommen worden.

Als Ursula und Karl sich 1944 im Adlon trafen, war das Gebäude des Innenministeriums stark beschädigt gewesen. Angehörige dieser Einrichtung tagten und arbeiteten nun vom Adlon aus. 1964 wurde die Ruine abgeräumt. Später entstand darin die polnische Botschaft. Heute war Unter den Linden 72/73 modern bebaut, mit viel Glas und Stahl, drinnen Büros und Kanzleien. An Karls und Ursulas erstes Leben erinnerte nur noch diese Schautafel.

Karl hörte nicht richtig zu. Er gestand Ursula, dass der Hütchenspieler ihn an die zwei Zaubertricks, die er noch nicht zu Papier gebracht hatte, erinnert hatte. Und das Vorwort wolle er noch schreiben. Das Buch würde er seinem Vater widmen.

Ursula hakte sich fröstelnd bei ihrem Mann unter, er dürfe wieder an die Arbeit, wenn er mit ihr durch das Brandenburger Tor gegangen sei – »rüber« und wieder zurück. Karl war sofort einverstanden.

Es war beinahe schon ein Ritual von Ursula und ihm, das Brandenburger Tor zu durchqueren. Achtundzwanzig Jahre lang war das Tor eines der unüberwindbarsten Hindernisse der Welt gewesen. Ursulas und Karls gesamtes zweites Leben lang hatten sie ohne einander verbracht, weil ein Ort wie das Brandenburger Tor über Nacht endgültig abgesperrt worden war. So unvorstellbar wie das war, war es ihnen heute noch, dass sie nun einfach durch das Tor gehen konnten.

Dunkle Wolken schoben sich vor die Wintersonne, um diese kurz darauf wieder freizugeben. Das Grün der vier Pferde und der Victoria leuchtete an diesem Nachmittag so hell wie das Grün des Dachs des Adlon. Touristen hielten digitale Kameras über ihre Köpfe, um Fotos von der Quadriga zu machen. Eine Gruppe Jugendlicher bekam eine Führung in englischer Sprache. Die sechs Hauptsäulen des Tores wirkten mondän, die Reliefs an den Wänden der Durchgänge majestätisch.

Es waren nur wenige Meter auf die andere Seite des Tors, »nach drüben«. Ursula und Karl gingen sie Hand in Hand. Dann wieder zurück.

Nun hatten sie den Blick auf ihr Hotel. Vor dem Adlon stand ein Baukran.

Auch achtzehn Jahre nach der Öffnung der Grenze gab es noch riesige Baustellen in Berlin.

Auf dem Pariser Platz boten junge Männer Fahrten in Rikschas an, Fahrrädern mit drei Rädern, auf denen Werbung unterschiedlicher Berliner Firmen angebracht war. Zwei Pferdekutschen standen für Fahrten bereit. Auf einer der Bänke vor der Akademie der Künste saß ein älteres Ehepaar und holte eine beigefarbene Cordhose, die sie soeben für nur fünf Euro gekauft hatten, aus einer Tüte und bewunderte das Schnäppchen. Ein Mädchen setzte sich mitten auf den Pariser Platz auf seine Jacke und begann in einem Buch zu lesen. Erst jetzt fiel Ursula der Mann auf, der am ganzen Körper und im Gesicht in Silber getaucht schien und unbeweglich auf einer Kiste stand. Passanten blieben fasziniert stehen, um zu sehen, ob er sich nicht doch bewegte. Der Mann in Silber blieb wie erstarrt, er zwinkerte nicht einmal mit den Augen. Nur wenn jemand ein Geldstück in den kleinen, dafür bereitgestellten silberfarbenen Koffer warf, dann verbeugte sich der Künstler, so mechanisch, wie eine aufgezogene Puppe. Danach verfiel er wieder in seine Starre.

Im Starbucks-Café gegenüber dem Adlon saßen trotz der

winterlichen Kälte Menschen draußen und tranken aus Pappbechern und rauchten. Ein Mann im Anzug durchsuchte die Papierkörbe zwischen den mit Touristen besetzten Bänken nach leeren Pfandflaschen und Zeitungen. Kurz nach ihm kam eine alte Frau, die zwei zerschlissene Plastiktüten in den Händen trug und nun in den Papierkörben nichts mehr fand. Ein Jugendlicher schmiss ihr seine soeben leer getrunkene Flasche in eine der Tüten. Daraufhin begann die Frau ihm zum Dank ein Lied vorzusingen. »Unsere Heimat« sang die Frau an diesem kalten Dezembernachmittag 2007, ein paar Tage bevor das Jahr 2008 begann.

»Unsere Heimat«, Ursula umfasste Karls Arm fester. Das letzte Mal hatte sie das Lied 1981 auf der Beerdigung ihrer Mutter gehört, gesungen vom Schülerchor, dessen Leiterin Maria Wegner als Rentnerin gewesen war.

»Unsere Heimat, das sind nicht nur die Städte und Dörfer,
unsere Heimat sind auch all die Bäume im Wald.
Unsere Heimat ist das Gras auf der Wiese, das Korn auf dem Feld
und die Vögel in der Luft und die Tiere der Erde.
Und die Fische im Fluss sind die Heimat.
Und wir lieben die Heimat, die schöne,
und wir schützen sie, weil sie dem Volke gehört,
weil sie unserem Volke gehört.«

Dieses Lied wurde auch im Musikunterricht an allen DDR-Schulen einstudiert, doch wirklich brillant war es erst mit einer Solostimme, die sehr hoch singen konnte, und einem Chor, der später mit seinem Gesang einsetzte. Jetzt sang diese alte Frau mit den zerrissenen Plastiktüten, in denen sie leere Pfandflaschen sammelte, »Unsere Heimat«. Sie hatte eine gute Stimme.

*

Maria Wegner hatte in den siebziger Jahren, als sie kaum noch für Auftritte angefragt wurde, begonnen, Chöre zu leiten. Kulturelle Freizeitbetätigungen Werktätiger der DDR wurden staatlich gefördert, dafür standen Gelder zur Verfügung, die zum Beispiel an die Leiter der Zirkel schreibender Arbeiter, malender Lehrer oder Chöre ausgezahlt wurden. Dass eine berühmte Sängerin sie unterrichtete, machte die Chormitglieder stolz. »Unsere Heimat« war ein Lied, bei dem Maria Wegner eindrucksvoll zeigen konnte, welche großartige Stimme sie immer noch hatte. Wenn die Solistin eines Chores die hohen Töne nicht bewältigte, demonstrierte Maria Wegner, wie das Lied klingen müsste. Man zollte ihr danach umso mehr Respekt und verzieh ihr, wenn sie zu spät zu Terminen eintraf oder ob der Unbegabtheit der singenden Arbeiterinnen cholerische Ausbrüche bekam. Auf vielen Betriebs-, Weihnachts-, Frauentags-, 1. Mai-, Tag-der-Republik- und Tag-der-Befreiung-Feiern trat Maria Wegner mit ihren Chören auf.

Ursula machte für sie die Abrechnungen bei den Stellen des Hauses der Jungen Pioniere, der Bezirksleitung der FDJ oder beim Rat des Kreises, Abteilung Kultur. Sie selbst arbeitete nun außerdem regelmäßig im Konsum, Tag für Tag, Jahr für Jahr.

Jedes Jahr fand eine Betriebsfeier der Konsumgenossenschaft statt. Auf einem dieser Feste, nachdem Ursula zu viele »Valentinos« und Pfefferminzliköre durcheinandergetrunken hatte, verführte sie ihren Chef, Herrn Heinze. Dass er nicht nachgelassen hatte, sie zu begehren, schmeichelte ihr. Und sie hatte an diesem Abend Lust.

Doch als Ursula in dieser lauen Nacht Heinze mit sich hinter eine Böschung zog, sträubte er sich dagegen. Ursula riss Heinze das Hemd vom Körper. Heinze wehrte ab: »Nicht hier! Nicht jetzt!« Ursula waren das Hier und Jetzt gleichgültig. Auch daran, wie Heinze und sie sich am nächsten Morgen begegnen würden, dachte sie nicht. Fast jammernd entschuldigte Heinze sein Versagen, tausendmal habe er Ursula schon im Traum berührt, doch nun komme alles so plötzlich ... Sie solle Verständnis haben. Ursula ließ ernüchtert von Heinze ab und torkelte nach Hause, ohne sich noch einmal nach dem Mann, den sie im Gras liegend zurückließ, umzusehen.

Am nächsten Tag wurde ihr die Peinlichkeit der Situation bewusst, peinlich für sie und auch für Heinze. Sie begegneten sich so, als wäre nichts geschehen, und verloren kein Wort darüber, was in der Hitze der Nacht auf dem Heimweg vom Fest der Konsumgenossenschaft gewesen war. Ursula gab Heinze das Gefühl, dass es nichts gab, wofür er sich schämen müsste, und Heinze war dankbar dafür. Annäherungsversuche unternahm Heinze danach keine mehr.

Eines Tages heiratete er eine junge Frau aus dem Nachbarort, bekam mit ihr zwei Kinder, baute ein Haus und zeugte ein drittes Kind, weil er dann den staatlichen Ehekredit nicht zurückzahlen musste.

Ursula saß seitdem mit ihm und seiner Frau auf Festen der Konsumgenossenschaft. Heinze forderte sie jeweils nur einmal zum Tanz auf, weil es sich gehörte, als Chef mit seiner Angestellten zu tanzen.

Ursulas Leben verging – von Betriebsfeier zu Betriebsfeier. Oder von Weihnachtsfest zu Weihnachtsfest. Ein weiteres Ritual, das sie liebte.

Schon Wochen vorher begann Ursula die Weihnachtstage vorzubereiten. Sie schmückte, kochte und kaufte ein, als lebten Kinder im Haus. Die Weihnachtstage waren die einzigen im Jahr, in denen Ursula bedauerte, dass sie keine Kinder hatte. Also bescherte sie ihre Mutter mit all dem, was zur Weihnachtszeit gehörte: Sie hängte einen Adventskalender auf und band einen Adventskranz, zündete das erste, zweite, dritte, vierte Lichtlein an. Die Mutter machte sich darüber lustig – und genoss es. Ursula füllte ihr und sich selbst einen Nikolausstiefel und legte sich auch am Heiligabend ein selbstgekauftes Geschenk unter den Baum. Im Konsum, in dem sie arbeitete, dekorierte sie das Schaufenster mit Weihnachtsschmuck, den sie zum Teil noch aus ihrer Kindheit besaß. Manchmal fragten Kunden, ob sie die Kugeln oder die Baumspitze kaufen könnten. Ursula verneinte und freute sich über ihre Schätze. Sie buk Jahr für Jahr Stollen, sie plättete das alte Lametta aus Blei auf, sie goss Kerzen aus Kerzenresten – so gab es in Ursulas Haushalt fast alles, was es in der DDR eigentlich nicht gab.

Ursulas Mutter trat vor Weihnachten mit ihren Chören beinahe täglich in volkseigenen Betrieben, landwirtschaftlichen Produktionsgenossenschaften oder Altenheimen auf. Sie bekam Geld dafür und auch ein Päckchen Rondo hier oder eine Flasche Rosenthaler Kardarka dort. Es ging Ursula und ihrer Mutter gut.

Als die Mutter nicht mehr lebte, schmückte Ursula noch einmal ihr Haus, aß allein Stollen und beschenkte sich selbst, doch dann wurden die Weihnachtstage zu denen, an denen ihr noch schmerzlicher bewusst wurde, dass sie allein war. Sie begriff, dass es offenbar etwas geben musste, wofür man lebte. Dass es jemanden geben musste, den man liebte. Sonst hatte das Leben keinen Sinn.

Im Jahr darauf holte Ursula die Weihnachtskisten nicht mehr vom Boden und dekorierte auch das Fenster im Konsum nicht mehr.

Seit Heinze Rentner war, leitete seine junge Frau den Laden. Ursula hatte dort über die Jahre unzählige Dreiundneunziger, Schlagersüßtafeln, Spee, Rondo-Tütchen und, wenn sie geliefert wurden, auch Kuba-Apfelsinen verkauft. Ihr ganzes zweites Leben lang. Nun würde sie selbst bald Rentnerin sein und nicht viel mehr vorzuweisen haben, als dass sie sich um ihre Mutter gekümmert hatte.

»Wenn ich dich nicht hätte«, hatte Maria Wegner kurz vor ihrem Tod manchmal zu ihrer Tochter gesagt. Ursula verstand dies als Liebeserklärung und als Verpflichtung, die Mutter bis zu deren Ende bei sich zu behalten. Sie pflegte sie auch, als sie bettlägerig war.

So verging Ursulas Leben.

*

Nach dem Tod der Mutter ertappte Ursula sich dabei, dass sie sich im Haus leise verhielt, als würde ihre Mutter noch schlafen, oder zum Frühstück zwei Gedecke auf den Tisch stellte.

Über sechzig Jahre hatten die beiden Frauen zusammengelebt.

Es dauerte ein Jahr, bis Ursula die Kraft hatte, den Wohnraum der Mutter zu verändern. Beim Ausrangieren des Bettzeugs und Leeren der Kommoden und Schränke befielen sie Skrupel.

Sperrige Teile warf Ursula schließlich aus dem Fenster in den Garten, um sie nicht noch durchs ganze Haus tragen zu müssen. Frau Kruse von gegenüber stand hinter der Gardine und beobachtete Ursulas Treiben. Vermutlich hält auch Frau Kruse mich jetzt für eine komische Person, dachte Ursula, eine Person, die allein in einem großen Haus lebt und von der niemand genau weiß, was sie den ganzen Tag tut, seit sie nicht mehr im Konsum arbeitet.

Frau Kruse war unerwartet zur Beerdigung der Mutter gekommen. Als wollte sie Ursula etwas sagen, hatte sie deren Hand etwas länger gedrückt. Ursula hatte es nicht vergessen. Sie grüßte mit einem Kopfnicken hinüber. Vielleicht sollte sie Frau Kruse mal zu sich zum Kaffee einladen, überlegte sie.

In das Haus müsste mehr Leben einziehen. Das Zimmer der Mutter könnte sie vermieten, damit sie weiterhin ihr Auskommen hatte und ihr niemand den vielen Platz streitig machen konnte, den sie hier nach dem Tod ihrer Mutter für sich allein beanspruchte.

Der Ort, in dem Ursula lebte, galt als Erholungsgebiet, obwohl seit der endgültigen Schließung der Grenze im See nicht mehr gebadet werden durfte. Ursula beschloss, das Zimmer ihrer Mutter dem Freien Deutschen Gewerkschaftsbund, der seine Arbeiter und Angestellten in vorgegebene Urlaubsorte verschickte, wo sie ihre vierzehn Tage Jahresurlaub verbringen konnten, anzubieten. Das würde sechs oder acht Mark Miete pro Tag einbringen, viel Geld, das Ursula, nachdem die Rente der Mutter weggefallen war, gut gebrauchen konnte. Vielleicht würden unter den Gästen gelegentlich auch aufgeschlossene Menschen sein, die ihr Frühstück an Ursulas Tisch einnahmen. Der Gedanke beschwingte sie.

Sie nahm sich eine weitere Kommodenschublade zum Leerräumen vor. Wie auch vorher teilte sie den Inhalt in drei Haufen auf: in Aufheben, Wegwerfen oder auf dem Flohmarkt verkaufen. Die Paare feiner, zum Teil noch ungetragener Lederhandschuhe der Mutter hob sie auf; die seidene Unterwäsche warf sie weg; den Parfümzerstäuber und die Kammschale aus lachsfarbenem Kristall würde sie vielleicht im An- und Verkauf in Berlin in Kommission geben können. So manche der größeren Schätze hatte sie dort schon zu Lebzeiten Maria Wegners zu Geld gemacht.

Die Schubladen im Schlafzimmer der Mutter waren bis heute tabu gewesen. Zwischen dem Stapel ungetragener und noch original verpackter Feinstrümpfe lag ein in Zeitungspapier gewickeltes Päckchen. Ursula löste die Gummibänder. Die waren so porös, dass sie sich bei erster Berührung auflösten. Ursula faltete vorsichtig das dünne, gelbliche Zeitungspapier auseinander. Es riss an den Falzstellen ein. Es war eine Titelseite vom August 1961. Darin Briefe und Telegramme. An Ursula Wegner adressiert.

Es dauerte eine Weile, bis Ursula begriff. Als verweigerte ihr Gehirn zu verstehen, sah Ursula auf die Schrift. War das wirklich ihr Name, der dort stand? Und der Absender war tatsächlich Karl?

Es waren Briefe und Telegramme von Karl aus dem August 1961.

Ursula schmiss den Stapel von sich. Sie drückte die Hände

gegen den Bauch und lief im Zimmer auf und ab. Sie blieb stehen und beugte sich nach vorn, als hätte sie einen Krampf. Sie schrie.

Ursula öffnete das Fenster weit und hielt sich an der Fensterbank fest, während sie hastig Luft einsog. Irgendwann wandte sie sich ins Zimmer um und sah auf die Briefe und Telegramme, die über zwanzig Jahre alt waren. Von Karl. Geöffnet. Gelesen. Nicht von Ursula.

Sie setzte sich auf den Teppich und zögerte lange, bevor sie einen der Briefe in die Hand nahm. Sie betrachtete die Poststempel und begann die Post nach Daten zu sortieren.

Fast jeden Tag bis Ende August 1961 hatte Karl ihr geschrieben. Dann offenbar nicht mehr. Ursula wusste nicht, ob ihr stärker zusetzte, dass sie Karls Nachrichten nicht erhalten und dadurch all die Jahre geglaubt hatte, dass er sie verlassen hatte, oder dass ihre Mutter es fertiggebracht hatte, die Post abzufangen, zu öffnen, zu lesen und vor der eigenen Tochter zu verstecken.

Ursula las zuerst die drei Telegramme. Es standen jeweils Treffpunkte darin, die Karl vorschlug. Ursula wusste, dass das Orte waren, an denen sie mit Hilfe von Karl im Sommer 1961 vielleicht noch über die Grenze nach Westberlin gelangt wäre, zu Karl.

In den Briefen beschwor Karl sie, sich endlich zu ihm auf den Weg zu machen. Er machte ihr Mut und zweifelte nicht daran, dass sie vorhätte, zu ihm nach Westberlin zu kommen.

Danach begann er in seinen Zeilen zu beklagen, dass sie zu keinem der Treffpunkte gekommen war und auch nicht auf seine Nachrichten reagierte. Der letzte Brief war nur noch ein »Warum?«. Dann war offenbar kein Brief mehr gekommen.

Ursula durchwühlte die Frisierkommode der Mutter, doch sie fand nichts mehr. Hatte Karl ihre Briefe erhalten und nicht verstanden, weshalb Ursula darin keinen Bezug auf seine Zeilen nahm? Hatte er ihre Post überhaupt erhalten, oder war sie auch von der Mutter abgefangen worden? Was hatte er damals wohl gedacht?

Ursula nahm die Briefe mit ins Wohnzimmer, goss sich Weinbrand ein und trank das Glas in einem Zug leer. Irgendwann begann sie zu weinen.

Als sie ihre Mutter tot im Bett vorgefunden hatte, war es ihr nicht gelungen zu weinen, auch auf der Beerdigung hatte Ursula unbeteiligt gewirkt.

Nun breitete sie die Briefe und Telegramme vor sich auf dem Tisch aus und las sie noch einmal der Reihe nach.

In Gedanken hörte sie dabei Karls Stimme.

»Geliebte Ursula, wo warst Du? Ich habe auf Dich gewartet ...«

Ursula hatte auf Karl gewartet. An einem anderen Ort. Bis es zu spät war.

Ursula wischte Tränen vom Briefpapier. Die Tinte, mit der Karl die Zeilen geschrieben hatte, war so alt, dass sie nicht verschwamm.

*

Sollte sie ihm heute einen Brief schreiben oder gar einfach vor seinem Hotel stehen, so wie sie es damals, Ende 1960, getan hatte?, fragte sich Ursula in den Wochen nach dem Fund der Briefe von Karl.

Sechsundzwanzig Jahre waren seit ihrem Nichtzueinanderkommen vergangen. Was würde Karl sagen, wenn Ursula als sechsundsechzigjährige Frau vor seinem Haus stehen würde? Sie war eine alte Frau aus der DDR. Eine, die drei Wochen im Jahr in den Westen reisen durfte, doch nur, wenn sie Verwandte dort hatte, die für sie einen Besuchsantrag stellten. Was würde Karl, der im Westen vermutlich mit seinem Hotel Karriere gemacht hatte und seit langem glücklich verheiratet war, sagen, wenn Ursula vor seiner Tür stünde?

In Gedanken schrieb Ursula Karl Briefe.

Ob Karl gelegentlich an sie gedacht hatte?

Wenn sie Betten für neue FDGB-Gäste bezog, Marmelade aus Erdbeeren oder Stachelbeeren kochte, Äpfel im Garten sammelte und für den Winter sorgfältig auf dem Dachboden lagerte, formulierte sie Zeilen an Karl, in denen sie ihm erklärte, was damals geschehen war. Er sollte endlich wissen, dass Ursula damals daran gehindert wurde, wie vereinbart zu ihm nach Westberlin zu kommen.

Manchmal stellte sie sich vor, wie sie heute vor seiner Tür stehen würde. In ihrer Phantasie sagte Karl: »Da bist du ja endlich!«

In ihrer Phantasie sah Karl immer noch so aus, wie er 1961 ausgesehen hatte.

Dass Karl es damals nicht gewesen war, der das Zueinanderkommen verhindert hatte, war für Ursula etwas Tröstliches. Sie wusste jetzt, dass sie zu den wenigen Menschen zählte, die in ihrem Leben eine große, unbedingte Liebe erlebt hatten.

Manchmal stellte sie sich vor den Spiegel und flocht den dicken, grauen Zopf auseinander, der noch mit blonden

Strähnen durchzogen war. Sie strich mit den Fingern hindurch, so wie Karl es oft an ihren gemeinsamen Montagen getan hatte. Kein Mann nach ihm hatte es so getan.

Ihre Sehnsucht nach seiner Berührung wuchs. Um sie ertragen zu können, versuchte sich Ursula einzureden, dass ihre Liebe nicht lange Bestand gehabt hätte. Doch es gelang ihr nicht, das zu glauben.

30. Dezember

Ursula frühstückte im Restaurant. Karl schlief noch, er hatte beinahe die ganze Nacht gezeichnet.

»Du tust so, als hättest du bald keine Zeit mehr dazu!«, hatte Ursula ihm belustigt vorgeworfen, bevor sie ins Bett gegangen war.

Sie hatte sich an diesem Morgen im Restaurant an einen der größeren Tische gesetzt, um vielleicht mit anderen Gästen ins Gespräch zu kommen. Beim Frühstück in einem Hotel gelang das gelegentlich gut, denn die meisten waren dabei, ihren Tag zu planen, und brauchten Tipps, oder man konnte auch nur übers Wetter reden.

Ursula besprach gerade mit dem Kellner, dass das Frühstück für Karl gegen Mittag auf die Suite gebracht werden solle, als ein junges Paar fragte, ob es sich zu Ursula setzen dürfe. Die Frau telefonierte mit dem Handy kurz mit ihrem Sohn, der offenbar schon so alt war, dass sie und ihr Mann ihn allein zu Hause lassen konnten.

Ursula hörte mit, wie sie beschlossen, sich während zukünftiger Reisen nicht mehr auf Tipps anderer zu verlassen. Am Abend zuvor waren sie, weil es ihnen ein Bekannter dringend empfohlen hatte, im »Klo«, einer Kneipe in einer Seitenstraße des Ku'damms, deren Inhaber damit warben, die »beknackteste Kneipe der Welt« zu betreiben. Im Gegensatz zu den übrigen Gästen hatte sich das Paar dort überhaupt nicht wohlgefühlt. Die junge Frau schien immer noch entsetzt darüber, dass sie über die vulgären Witze, die der Barkeeper übers Mikrophon auf Kosten der Gäste machte, auch nur ansatzweise gelacht hatte.

»Woher kommt ihr denn?«, hatte der Barkeeper zum Beispiel gefragt.

»Aus Hamburg.«

»Herzlich willkommen, ihr Klippenpinkler!«, rief der Barmann ins Mikrophon und legte Hans Albers' »Auf der Reeperbahn nachts um halb eins« auf. Als Gäste sich als Bochumer zu erkennen gaben, rief der Barkeeper: »Aus Bochum! Bei sozial Schwachen wird gleich nach jeder Bestellung abkassiert!«

Alle Gäste hätten gelacht, darüber war die Frau am Frühstückstisch im Adlon immer noch entsetzt.

Die Ausstattung sei wie die in einer Geisterbahn gewesen, erzählte sie, Affen- und Menschenpuppen, die pissten oder deren Penisse sich plötzlich aufrichteten. Es sei so dunkel im Klo gewesen, dass das Paar es vermieden hatte, sich etwas zu essen zu bestellen, und nur Biere aus Flaschen getrunken habe.

»Wart ihr schon im Bundestag?«, hatte der Barkeeper durch das Mikrophon gefragt. »Ratet mal, wie viele Augen dort rausgucken! ... Doppelt so viele, wie Arschlöcher drinsitzen.«

Ursula fragte, ob es in Hamburg solche Kneipen nicht gebe. Nicht mal auf Sankt Pauli, antwortete das Paar einstimmig.

Ursula lächelte, die meisten Hamburger waren häufig so

verliebt in ihre Stadt, dass ihnen Berlin als lebenswerter Ort niemals in den Sinn käme. Sie war vor Jahren mit Karl mal in Hamburg gewesen, als im Hansa Theater nachmittags noch gezaubert wurde. Sie waren auch ins Café Keese gegangen und hatten sich aus Spaß getrennt gesetzt, um zu sehen, wer von ihnen häufiger übers Tischtelefon angerufen werden würde. Karl hatte ein paar mehr Anrufe als Ursula bekommen, allerdings hatte im Café Keese ein deutlicher Frauenüberschuss geherrscht.

Ursula empfahl dem Hamburger Paar, Klärchens Ballhaus aufzusuchen, wenn es sich in Berlin gut amüsieren wolle.

Sie und Karl würden heute ebenfalls in Klärchens Ballhaus gehen. Nachdem Karl zu ihr gezogen war, waren sie häufiger im Ballhaus gewesen, in dieser verrückten Zeit, als plötzlich die Grenzen offen waren und die Menschen aus dem Westen Berlin-Mitte bevölkerten. Die Menschen aus dem Osten Berlins eroberten damals vor allem die Straßen rund um den Ku'damm.

In der DDR musste nach 1989 in öffentlichen Einrichtungen beinahe noch zwölf Monate lang mit Ostgeld bezahlt werden. Ursula hatte Karl zum Beispiel in Klärchens Ballhaus ausgeführt, während Karl auf den Ausflügen in den Westen bezahlte.

Unbeschreiblich die Stimmung, die damals herrschte. Wenn inzwischen, achtzehn Jahre später, viele Westberliner Ostberlin mieden und Ostberliner sich lieber nur im Osten aufhielten, war Klärchens Ballhaus nach wie vor ein Ort, in dem davon nichts zu spüren war.

*

Ursula und Karl machten sich früh am Abend auf, denn es wurden in Klärchens Ballhaus nur so viele Gäste eingelassen, wie es Sitzplätze gab. Wie immer stand ein Herr im Anzug und mit Fliege in der Tür. Hinter einem kleinen Glasfenster saß ein anderer, der drei Euro Eintritt pro Person kassierte und zwei kleine, graue Eintrittskarten von einer alten Rolle abgerissen hatte, die wohl, wie auch die Höhe des Preises, noch aus DDR-Zeiten stammte.

Auch das Mobiliar schien nie ausgetauscht worden zu sein. An der Decke eine Spiegelkugel. Beinahe jeder Stuhl war besetzt und auf der Tanzfläche kaum noch Platz. Zu der Musik, die eine Frau auflegte, Schlager aus den sechziger und siebziger Jahren, drehten sich die ersten Paare zum Tanz.

Während Ursula und Karl sich auf einen kleinen freien Tisch im Gang zur Toilette zubewegten, sah Ursula sich danach um, ob sie und Karl die ältesten Besucher des Ballhauses waren. Die meisten Gäste waren wohl um die fünfzig, sechzig Jahre alt, Ursula kamen sie alle sehr jung vor.

Zwei alte Damen sahen neugierig zu Karl herüber. Ursula fühlte Stolz.

Die meisten Gäste aßen zu Abend, Salate, Fleisch, Würstchen, russische Zupftorten. Die Kellner in schwarzen Hosen, weißen Hemden und Westen servierten so zuvorkommend, als handelte es sich um ein vornehmes Restaurant. Dabei sah der Saal aus, als sei er seit der Wende nicht renoviert worden, der Holzboden war stumpf, das Geschirr alt. Die Gäste tranken und tanzten wie um ihr Leben – oder das des Ballhauses.

Vor der Tür zur Toilette saß eine alte Frau, die Kette rauchte und noch einen Kittel aus DDR-Zeiten trug. Manche der vielen Gäste legten Geld auf den Teller, den die Toilettenfrau bereitgestellt hatte. Gleichmütig schenkte sie sich Rotwein nach und rauchte.

Karl und Ursula aßen Würstchen mit Kartoffelsalat und tranken Rotwein. Später würde noch eine Liveband spielen und der Andrang auf Klärchens Ballhaus noch größer werden.

»Schuld war nur der Bossanova«, die Tanzenden sangen laut mit. Karl forderte Ursula auf und schritt ihr voran in Richtung Tanzfläche. Zwei junge Paare machten Ursula und Karl lächelnd Platz. Karl nahm seine Frau in den Arm und drehte sie und sich zur Musik. Wie lange hatten sie nicht getanzt? Ursula wurde schwindelig durch die Musik, Karls Linksdrehungen und das Glück. Das Licht der Spiegelkugel bildete leuchtende Flecken an den Wänden, die wie Sterne durch den Raum tanzten. »Tiritomba, Tiritomba«. Als Ursula das letzte Mal danach tanzte, trug sie einen Petticoat unter dem Kleid. Das Kleid hing noch in ihrem Schrank, es würde ihr noch passen.

Ursula sah, dass Karl der Schweiß auf der Stirn stand, an seinen Schläfen rannen dünne Spuren Wasser herab. Ursula bat Karl um eine Pause, weil sie erschöpft sei. Karl wischte sich am Tisch mehrmals mit dem Taschentuch über die Stirn. Er zog seinen Stuhl zu Ursula herum und setzte sich dicht neben sie. Den Rest des Abends beobachteten sie die tanzenden Gäste. In vierundzwanzig Stunden war Silvester.

*

Ab August 1989 hatte Ursula beinahe ununterbrochen den Fernsehapparat laufen lassen, um die Berichte über die vielen Menschen aus der DDR zu sehen, die versuchten, über

Ungarn oder die Tschechoslowakei in den Westen zu gelangen. Ursula hätte legal einen Ausreiseantrag stellen können, denn Rentner hielt man nicht in der DDR, weil sie Geld kosteten – Rente und Gesundheitskosten, und sie belegten Wohnraum, der dringend für die arbeitende Bevölkerung gebraucht wurde.

Doch Ursula hätte damals nicht gewusst, wohin sie gehen sollte. Sie hatte sich längst damit abgefunden, den Rest ihres Lebens in der DDR zu verbringen.

Im Alter von neunundsechzig Jahren war ihr bewusst, dass sie vielleicht noch zehn Jahre Leben vor sich hatte, vielleicht auch nur noch fünf Jahre. Erst kürzlich war Heinze, ihr Chef aus dem Konsum, verstorben. Die meisten Menschen in der DDR starben im Alter um die siebzig.

Am Abend des 9. November sah Ursula wie gewohnt zunächst die »Aktuelle Kamera«, danach wollte sie, um wirklich etwas über die Welt zu erfahren, zur »Tagesschau« umschalten. Angelika Unterlauf, die Sprecherin der DDR-Nachrichten, verlas eine Meldung, die so verklausuliert war, dass Ursula sie zunächst nicht verstand. Auf einer Pressekonferenz hatte der Politiker Schabowski etwas gesagt, das offenbar von großer Bedeutung für die DDR-Bürger war. Zwanzig Minuten später wurde diese Meldung in derselben Sendung noch einmal wiederholt. Ursula setzte sich auf und betrachtete die Nachrichtensprecherin, die über einem türkisfarbenen Oberteil eine schwarze Strickjacke trug, an der eine Brosche funkelte. Was sagte die Frau gerade über eine Regelung, die es den DDR-Bürgern ab sofort möglich machte, die Grenzübergangsstellen der DDR zu passieren?

Ursula schaltete auf die »Tagesschau« um. Jo Brauner verlas als Erstes die Meldung, die auch Angelika Unterlauf gebracht hatte. Er verkündete, was Ursula immer noch nicht begriff: »DDR-Bewohner können ohne Formalitäten nach Westberlin einreisen.«

Ursula stand auf und nahm die Flasche Zarea-Sekt von dem Tischchen, auf dem sie mit schönen Flaschen und Gläsern eine Bar eingerichtet hatte. Sie öffnete die Flasche, goss sich ein und trank große Schlucke. Erschöpfung erfasste sie, als wäre diese Nachricht eine, auf die sie selbst lange gehofft hatte.

Sie ging mit dem Glas in der Hand zum Fenster und sah hinaus in die Dunkelheit. Die Straße war menschenleer. Hinter den Gardinen der Häuser flimmerten Lichter aus den Fernsehapparaten, auch bei Kruses gegenüber.

Ursula schaltete von Sender zu Sender. Im ZDF lief ein Rolltitel über das laufende Programm, der noch einmal verkündete, dass die Menschen der DDR nach Westberlin einreisen könnten, alle und ohne Formalitäten. Auf SFB wurden Bilder von Menschen an Grenzübergängen gezeigt. Weinende Menschen, lachende Menschen, trinkende Menschen, sich umarmende Menschen. Viele Männer, die weinten. Noch nie hatte Ursula so viele Männer gesehen, die die Fassung verloren. Auch ihr kamen die Tränen.

Als es längst Nacht geworden war, vermochte Ursula immer noch nicht, sich vom Fernsehapparat zu lösen. Von der Straße her hörte sie Autos starten, was in diesem Ort um diese Zeit ungewöhnlich war.

Ursula trat ans Fenster. Kruses von gegenüber, die normalerweise spätestens um 22.00 Uhr ins Bett gingen, kamen dick angezogen aus dem Haus und waren im Begriff, in ihr

Auto zu steigen. Ursula wandte sich zurück ins Wohnzimmer, sah im Fernsehen die Bilder der immer mehr werdenden Menschen, die sich an den Grenzübergängen versammelten, und die Reporter, die, selbst kurz davor, die Fassung zu verlieren, euphorisch darüber berichteten. Sie riss das Fenster auf und rief zu Kruses hinüber, sie sollten bitte auf sie warten. Ursula lief hinaus und fragte die Nachbarn, ob sie nach Berlin führen und sie mitnehmen würden. Kruses waren sofort einverstanden.

*

Je näher Ursula und Kruses mit dem Auto Berlin kamen, desto stärker befahren waren die Straßen. Die Schönhauser Allee, die sonst um diese Zeit eine tote Straße war, war überfüllt mit Menschen. Aus dem S-Bahnhof Bornholmer Straße strömten so viele, als wäre in dieser Nacht eine der Demonstrationen angesetzt, die in den letzten Wochen immer an den Montagen stattgefunden hatten.

Kruse musste zunächst in die falsche Richtung, also zurück in den Osten fahren, um sein Auto an einer noch freien Stelle parken zu können. Er wollte seinen alten Škoda keinesfalls mit in den Westen nehmen, zu groß war die Ungewissheit, was sie dort erwartete.

Als Kruses und Ursula ausstiegen, sahen sie die vielen Menschen, die auf der Bornholmer Brücke standen, saßen, winkten, jubelten und weinten.

Ohne Kontrolle passierten sie den Grenzübergang. Zwischen Autos, die im Schritttempo fuhren und auf deren Dächer Westberliner zur Begrüßung mit Fäusten schlugen, und vielen Fußgängern ging Ursula wie in Trance in den Westen.

Sie wagte nicht, sich umzusehen, als könnte sie dann feststellen, dass das alles nicht wahr sei. Neben sich Herr und Frau Kruse, beide weinten.

Es war kalt in dieser Nacht. Einen Moment lang sah Ursula ihrem Atem nach, der weiß verflog. Plötzlich wurde sie von einer Frau umarmt, die ihr ins Ohr schrie, dass das alles nicht wahr sein könne.

»Das kann doch nicht wahr sein!«, sollte der Satz werden, den Ursula in dieser Nacht am häufigsten hörte. »Das kann doch nicht wahr sein!«, war der Satz gewesen, den sie am häufigsten gehört hatte, als 1961 an dieser Stelle zuerst der Stacheldraht ausgerollt und dann ab 15. August 1961 die ersten Betonplatten der Mauer gesetzt wurden. Es war wahr! Der damalige Morgen. Die heutige Nacht.

Die vielen winkenden Menschen auf der fahl beleuchteten Brücke und auf den Stahlträgern der Brückenkonstruktion bewiesen es.

Ursula rief Kruses zu, dass sie allein weitergehen würde. Irgendwie würde es ihr später schon gelingen, aus diesem Trubel wieder nach Hause zu kommen.

»Und wo ist hier der Ku'damm?«, fragte sie ein junger Mann. Ursula wusste es noch von damals und wies dem Mann lachend den Weg. Dieser wollte ihr nicht glauben, wie weit er sein sollte, er hatte sich wohl vorgestellt, ganz Westberlin sei Ku'damm.

Zwei Busse fuhren vor, deren Scheinwerfer grell in die Menge leuchteten. Bahnhof Zoo stand über den Frontscheiben. Menschen eilten darauf zu. Ursula lief dem jungen Mann nach, der sie nach dem Weg zum Ku'damm gefragt hatte, und riet ihm, mit einem der Busse mitzufahren.

Ein Bäcker baute einen kleinen Stand auf und verkaufte Pfannkuchen.

Es war inzwischen nach Mitternacht.

Ursula begab sich in eine Seitenstraße und setzte sich auf das Fensterbrett einer Erdgeschosswohnung. Sie sah den hin und her laufenden Menschen, die sich neueste Informationen zuriefen, zu. Immer wieder hörte sie, dass das alles nicht wahr sein könne.

Auf der gegenüberliegenden Straßenseite wurde eine Haustür aufgestoßen. Zwei angetrunkene Männer kamen Arm in Arm heraus. Sie trugen gemeinsam eine Deutschlandfahne über ihren Rücken und torkelten beschwingt tiefer in den Westen hinein.

Ursula begab sich zu der Kneipe, die in der Dunkelheit nur durch einen leuchtenden Bierstiefel im Fenster auszumachen war. Sie wollte sich hier etwas frisch machen und Wasser aus der Leitung trinken, bevor sie auch in dieser Nacht weiter durch den Westen ziehen würde. Westgeld besaß sie keines.

Beim Öffnen der Tür schlugen ihr Zigarettenrauch, Bierdunst und die bereits heisere Stimme eines Reporters, der im Fernsehen berichtete, was sich an den Grenzübergängen abspielte, entgegen. Die wenigen Gäste der Kneipe blickten sich zu ihr um.

Der Wirt rief: »Hereinspaziert, wenn's kein Schneider ist!«, und knallte ein eisgekühltes Glas auf den Tresen. Er goss es mit goldgelbem Schnaps voll und schob es Ursula hin. »Zur Feier des Tages!«

Ursula trank. Ein älterer Mann saß auf einem Barhocker und musterte Ursula von oben bis unten.

»Aus dem Osten oder dem Westen?«, fragte er.

Ursula nannte ihren Wohnort. Der Gast schlug mit der Faust auf den Tresen.

»Von drüben! Das kann doch nicht wahr sein!«

Er orderte einen weiteren Schnaps für Ursula. Ursula trank auch diesen in einem Zug.

Zur Tür kam ein Paar herein, das etwa fünfzig Jahre alt war, und fragte den Mann hinterm Tresen, ob sie mal telefonieren dürften. Der Kneipier stellte seinen Apparat auf den Tresen.

»Klar doch, wenn's nicht nach Japan ist.«

»Nein, aber nach Westberlin!«

Der Kneipier lachte.

»Ihr seid in Westberlin!«

Die Frau holte einen Zettel aus ihrer Anoraktasche und wählte vorsichtig die Nummer, die neben »Onkel Albert« stand. Kaum hatte Onkel Albert sich am anderen Ende der Leitung gemeldet, schrie die Frau immer wieder in den Hörer: »Wir sind hier! Wir sind hier!«

Der Mann, der dicht neben seiner Frau stand und mitzuhören versuchte, was Onkel Albert sagte, nickte zu dem Geschrei seiner Frau, wobei er sich das Wasser, das ihm in den Augen stand, wegwischte.

Ursula fragte sich, ob Onkel Albert verstand, was seine Verwandte meine, wenn sie rief: »Wir sind hier!«

Der Kneipier knallte nun zwei weitere eisgekühlte Gläser auf den Tresen, die er mit goldgelbem Schnaps füllte. Aquavit stand auf der Flasche. Ursula hatte das Wort noch nie gehört, aber dieser Schnaps schmeckte und half. Der Mann hinterm Tresen nickte ihr zu, als sie sich bedankte und verabschiedete. Der Gast auf dem Barhocker klemmte seine Zigarette zwischen die Lippen und zog aus seiner Gesäßtasche ein abgewetztes Portemonnaie.

»Junge Frau, schauen Sie sich heute Nacht unbedingt noch ein bisschen unser Westberlin an! Wer weiß, wie lange Sie das noch können.«

Er zog einen Zehnmarkschein hervor und steckte ihn Ursula in die Manteltasche. »Und kommen Sie nicht unter die Räder im wilden Westen!«, fügte er lachend hinzu, bis er zu husten begann.

Ursula sträubte sich, das Geld anzunehmen, doch der Mann beharrte darauf. Im Fernsehapparat liefen die Bilder von immer mehr Menschen, die sich an Grenzübergängen versammelten. Die Stimme des Reporters war inzwischen sehr heiser, weil er die ganze Zeit schrie, als könnte er selbst nicht fassen, worüber er berichtete.

Ursula suchte die Toilette auf, in der es stark nach Zitrusfrüchten roch. Auf dem Fensterbrett entdeckte sie einen Duftspender. Sie drehte am Wasserhahn, doch der ließ sich nicht drehen. Sie drückte so lange daran herum, bis Wasser herausschoss, das ihren Mantel durchnässte.

Bevor sie aus der Kneipe nach draußen trat, sah sie nochmals zum Tresen und hob die Hand zum Abschied. Kneipier und Gast widmeten sich wieder der Liveübertragung des SFB. Ursula lief zum Brandenburger Tor. Obwohl es weit nach Mitternacht war, kamen aus den Häusern immer noch Menschen, die vielleicht jetzt erst erfahren hatten, dass die Grenze passierbar war.

Ein Mann hatte an der Straße einen Campingtisch aufgebaut und verkaufte Bockwürste und Glühwein für jeweils eine Mark. Auf einem Pappteller stand mit großen Buchstaben: »Wir nehmen auch DDR-Mark!« Menschen standen in einer Schlange an und unterhielten sich fröhlich.

Ursula kaufte sich einen Becher Glühwein. Der Verkäufer sächselte. Es überraschte sie, dass ein DDR-Bürger in dieser Nacht so schnell eine gute Idee in die Tat umgesetzt hatte.

Viele Eltern hatten in dieser Nacht offenbar ihre Kinder aufgeweckt und mit nach draußen genommen. Kinder hatten Berlin nie anders erlebt als mit dieser Mauer, sie waren in den einen oder anderen Teil der Stadt hineingeboren worden und hatten ihr jeweiliges Dortsein meist nicht in Frage gestellt. Wie sollte man ihnen nun erklären, dass der antifaschistische Schutzwall, über dessen große Bedeutung sie vielleicht gerade gestern noch im Staatsbürgerkundeunterricht belehrt worden waren, plötzlich nicht mehr nötig war? Wie sollten Kinder und Jugendliche verstehen, dass sich DDR-Bürger nun plötzlich mit Fremden aus dem kapitalistischen Westen umarmten, als seien sie Brüder und Schwestern, die sich nach langer Zeit wiedersehen?

Beim Anblick der vielen weinenden Menschen fragte sich Ursula, wann sie jemals so etwas »Kollektives« gesehen hatte. Am 13. August 1961 hatten auch viele so emotional reagiert. Andere hatten sich damals darüber belustigt, dass die DDR-Regierung überzeugt war, mit einer Mauer einen Staat teilen zu können. »Die Mauer ist in ein paar Tagen wieder weg! Das funktioniert niemals«, hatten die meisten Deutschen geglaubt. Die Mauer hatte funktioniert, achtundzwanzig Jahre lang.

*

Das Brandenburger Tor lag im fahlen Grenzbeleuchtungslicht.

Ursula ging auf die große Menschenmenge zu, die sich am Tor aufhielt. Grenzsoldaten standen auf dem Todesstreifen. Auf der Grenzmauer hinter dem Tor standen viele Westberliner. Einige riefen den Ostberlinern auffordernd zu, den Schritt »rüber« zu wagen. Fest untergehakt ging ein Pärchen in Richtung Westen. Andere folgten. Von »drüben« kamen welche in den Osten. Im Gemenge war kaum noch zu unterscheiden, wer »von hier« und wer »von drüben« war. Weitere Menschen wagten sich in den Todesstreifen. Die Grenzsoldaten standen stramm, reagierten nicht.

Ursula sah zur Quadriga auf dem Tor. Victoria und ihre Pferde wirkten schwarz.

Sie sah zum Adlon. Das Hotel gab es nicht mehr, es war vor Jahren abgerissen worden. Einen Augenblick lang dachte Ursula an Karl.

Einer rief: »Das ist hier wohl der Übergang für Artisten!«, und stieg über die Absperrung in den Todesstreifen, um ebenfalls durch das Brandenburger Tor zu gelangen. Weitere folgten.

Auch Ursula ging auf die Absperrung zu, kletterte hinüber, ging über den Todesstreifen. Durch das Tor. Bei jedem Schritt glaubte sie, dass gleich etwas passieren würde. Eine Verhaftung. Eine Mine, die unter ihren Füßen explodierte. Ein Schuss in den Rücken.

Sie drehte sich nicht um, bis sie die Mauer erreicht hatte. Sie griff nach einer der Hände, die ihr gereicht wurden. Ursula wurde auf die Mauer gezogen, umarmt und geküsst, weil sie es gewagt hatte. Eine Sektflasche wurde herumgereicht.

Sie tranken der Reihe nach daraus, als würden sie sich schon lange gut kennen.

Im nächsten Moment begannen die Grenzsoldaten damit, niemanden mehr durchzulassen. Einige, die es wie Ursula in den Westen gewagt hatten, diskutierten aufgeregt, ob sie dort bleiben sollten. Vielleicht wäre es auf so einfachem Wege wie in dieser Nacht nie wieder möglich. Vielleicht wäre es achtundzwanzig Jahre lang nicht mehr möglich. Manche blieben.

Ursula eilte zurück, die paar Meter nach Ostberlin, durch das Tor über den Todesstreifen, auf die Rücken der Grenzer zu, die keinen mehr durchließen. Ein paar Schritte nur, von der einen Welt in die andere.

Dann den langen Weg durch die Nacht zurück in ihre Welt, nach Hause.

*

Morgens ging sie im Bademantel in die Küche, um sich einen starken Kaffee zu kochen. Sie schaltete den Sternrecorder ein und hörte einen völlig übernächtigten Reporter sagen: »Wir sind die ganze Nacht aufgeblieben, aber es hat sich gelohnt! Wir müssen jetzt ein bisschen schlafen, aber die nächsten Kollegen sind schon für Sie da …«

Wie immer brühte Ursula den Kaffee für sich allein türkisch auf. Sie pustete auf dem Weg ins Badezimmer in die dicke Schicht Kaffeepulver, die im Becher oben schwamm und sich erst langsam auf den Boden setzte.

Ich habe in der vergangenen Nacht auch nicht geschlafen, ich war dabei, dachte sie, als sie ihr Haar bürstete, das bis auf die Hüften fiel, und beschloss, den Tag im Bademantel auf dem Sofa vor dem Fernsehapparat zu verbringen.

Es klingelte.

Ursula ging zur Tür, mit dem Kaffeebecher in der Hand. Der Postbote, überlegte sie, oder Kruses, die sehen wollten, ob sie unversehrt zu Hause angekommen war.

Vor ihrer Tür stand Karl.

Ursula presste die Hand fest um den Kaffeebecher. Als sie endlich spürte, wie heiß die Tasse war, ließ sie sie fallen. Karl und Ursula bückten sich gleichzeitig, um die Scherben aufzusammeln. Dabei kamen sie sich sehr nah. Sie sahen sich in die Augen und begannen zu lachen.

»Komm rein«, sagte Ursula.

Karl folgte ihr in die Küche. Sie machte sich daran, Wasser aufzusetzen, um eine Kanne Kaffee zu kochen. Ihre Hände zitterten, als sie das Pulver in den Filter füllte.

Karl stand mitten im Raum.

»Setz dich doch«, sagte Ursula. »Hast du schon gefrühstückt?«

Sie wartete keine Antwort ab, begann Butter, Käse und selbstgekochte Marmelade aus dem Kühlschrank zu nehmen.

Karl schlug vor, Brötchen zu holen.

Er bat sie um etwas Geld, weil er nicht wusste, ob er beim Bäcker im Ort mit D-Mark bezahlen könne. Er sah ungläubig auf das Fünfzigpfennigstück, das Ursula ihm gab. Sie erklärte ihm, dass er für das Geld zehn Brötchen bekäme. Sie gab ihm einen Stoffbeutel, in den die Verkäuferin die Brötchen hineintun könne, Tüten gebe es nur für Kuchen. Worüber rede ich?, dachte Ursula, während Karl ihr gegenüberstand.

Karl fasste ihr zärtlich ins lange, offene Haar, bevor er ging.

Ursula stand im Flur ihres Hauses und sah auf die Tür, die Karl hinter sich zugezogen hatte. Sie eilte ins Schlafzimmer, um sich anzuziehen. Sie tuschte ihre Wimpern und schminkte ihren Mund weinrot. Ihre Hände zitterten.

Zurück in der Küche, begann sie eilig den Tisch zu decken. Sie hielt inne und setzte sich auf einen Stuhl.

Und wenn Karl nicht wiederkäme?

Sie stand auf und zündete die Kerze auf dem Tisch an. Karl würde gleich wieder bei ihr sein.

*

Karl kam, schüttete zehn Brötchen in den Brotkorb und setzte sich zu Ursula an den gedeckten Tisch. Sie frühstückten stundenlang, mehrmals kochte Ursula Kaffee nach. Sie berichteten sich kurz über ihr zweites, hinter ihnen liegendes Leben, als wäre das eine Pflicht, die sie noch erfüllen mussten.

Karl hatte 1962 die junge Frau, die an der Rezeption seines ersten Hotels gearbeitet hatte, geheiratet. Die beiden Söhne, die er mit ihr bekommen hatte, leiteten inzwischen jeweils eines der Hotels, die Karl aufgebaut hatte. Zwei weitere Hotels hatte Karl verpachtet, so war er als Rentner gut abgesichert. Seine Frau lebte schon lange nicht mehr.

Das Wort Rentner passt nicht zu ihm, dachte Ursula, und auch nicht zu mir. Ihr Leben begann doch eben gerade.

Karl erzählte auch von seinem Vater und dessen Zauberei und den Tricks, die Karl gern bewahren wollte.

Er holte eine Flasche Champagner aus dem Auto. Sie zogen damit ins Wohnzimmer um. Noch im Stehen stießen sie auf ihr Wiedersehen an.

Karl nahm Ursula das Glas aus der Hand und stellte es ab. Er fuhr mit seinen Händen durch ihr Haar. Sie schloss die Augen, bevor er sie zu küssen begann, auf die Wangen, den Hals, den Mund.

Ursula streifte die Schuhe von ihren Füßen, jetzt war sie nicht mehr größer als Karl. Er öffnete ihre Bluse und begann ihre Brüste zu küssen. Kurz hielt er inne und betrachtete Ursula. »Wie schön du bist.«

Sie ließ ihren Rock auf den Boden fallen und nahm Karl mit sich. Das Haar fiel ihr bis auf die Hüften.

Ursula fragte Karl nicht, ob er bleiben wolle.

Karl fragte nicht, ob er bleiben dürfe.

Er blieb.

Seither sind achtzehn Jahre vergangen.

Alexanderplatz
Hackescher Mkt.
Weinmeisterstr.
Oranienb. Str.
Oranienburger Tor
Friedrichstr
U.d.Linden
Französ. Str.
Stadtmitte
Hausvogteipl.
Spittelmarkt
Märk. Mus.
Mohrenstr.
Potsd. Pl.
Brandenb. Tor
Bundestag
Hauptbahnhof
Friedrich-
Universitätsstr.
Unter
den
Linden
Wilhelm-
Breite Str.
Mühlendamm
Stralauer Str.
Gruner-
Span-
dauer
Str.
Karl-
Liebknecht-
Münzstr.
Hamburger Str.
Linienstr.
Tucholskystr.
Geschw.-Scholl-Str.
Am Kupfergraben
Monbijoustr.
Neustädt. Kirchstr.
Glinka-
Mauer-
Kronen-
Tauben-
Jäger-
Behren-
Char-
lotten-
Mark-
grafen-
Luisen-
Schumannstr.
Albrechtstr.
Marienstr.
Schiffbauerdamm
Reinhardtstr.
Wilhelmstr.
Dorotheen-
Schadowstr.
Mittel-
Ebert-
7. Juni
Lenné-
Gertraudenstr.
Rochstr.
Almstadt-
Max-Beer-
Alte Schönh.
Sophienstr.
Auguststr.
Johannisstr.
Ziegelstr.
Planck-
Bunsen-
Pariser Platz
Wallstr.
Niederlag.
Ober-
wallstr.
Werderscher Markt
Fischerinsel
Inselstr.
TAXI

»Die Summe unseres Lebens sind die Stunden,
in denen wir liebten.«

Wilhelm Busch

31. Dezember

Ursula steht am Fenster und sieht zum Brandenburger Tor. Sie fragt sich, wie oft sie diesen Blick in ihrem Leben bereits hatte. In den Tagen zuvor. Und in den über siebzig Jahren, seit sie das erste Mal mit Karl im Adlon war. Zu selten, denkt sie.

Schneeflocken fallen herab, verschwommen wie durch ein Kaleidoskop, durcheinander. Ursula wischt sich das Wasser aus den Augen. Sie wird sich gleich zu Karl umdrehen. Erledigen, was er ihr aufgetragen hat. Anrufe tätigen, einen nach dem anderen.

In wenigen Stunden wird dieses Jahr für Millionen Menschen mit einem Spektakel am Brandenburger Tor zu Ende gehen. Ein neues wird beginnen. Auch für Ursula. Ein viertes Leben. Das hat sie nicht gewollt.

Karl und sie waren hierhergekommen, um Silvester zu feiern.

Durch den Schein einer Feuerwerksrakete leuchtet die Quadriga hell auf, einen Augenblick lang.

Ursula dreht sich zu Karl um.

Er ist noch nicht für den Ball umgezogen, weil er wieder zu viel und zu lange an seinem Buch gearbeitet hat. Er wäre fast fertig geworden. Und dann hätte er seinen Smoking angezogen und die Lackschuhe.

Ursula geht zum Telefon. Sie nimmt den Hörer in die Hand, so wie Karl es ihr aufgetragen hat. Lange steht sie so da. Sieht zu Karl. Wie durch ein Kaleidoskop. Legt den Hörer wieder auf.

»Jetzt nicht«, sagt sie zu ihrem Mann.

Hängt seinen Smoking heraus, stellt seine Lackschuhe darunter.

Hängt ihr Abendkleid an den Schrank, stellt ihre Schuhe darunter.

Sie geht zu Karl an den Tisch und schlägt ihm vor, dass sie auf der Suite feiern könnten.

Sie nimmt ihrem Mann den Stift aus der Hand und besieht sich seine letzte Zeichnung.

Es sind nur ein paar Linien, die sie noch ergänzen muss.

Mein Dank gilt Peter Lohmann, der 1995 mein erstes Buch verlegte und mich bis heute als Autorin schätzt. Danke.